远去的古城

YUANQUDEGUCHEN
YUANQUDEGUCHENG

赵国增 / 著

山西出版传媒集团

山西人民出版社

图书在版编目（CIP）数据

远去的古城／赵国增著. —太原：山西人民出版
社，2014.9
　ISBN 978-7-203-08645-1

　Ⅰ.①远… Ⅱ.①赵… Ⅲ.①诗集—中国—当代
Ⅳ.①I227

中国版本图书馆CIP数据核字（2014）第178237号

远去的古城

著　　者：	赵国增
责任编辑：	武　静
出　版　者：	山西出版传媒集团·山西人民出版社
地　　址：	太原市建设南路21号
邮　　编：	030012
发行营销：	0351-4922220　4955996　4956039
	0351-4922127（传真）　4956038（邮购）
E－mail：	sxskcb@163.com　发行部
	sxskcb@126.com　总编室
网　　址：	www.sxskcb.com
经　销　者：	山西出版传媒集团·山西人民出版社
承　印　厂：	山西臣功印刷包装有限公司
开　　本：	720mm×1010 mm　1/16
印　　张：	12.75
字　　数：	200千字
印　　数：	1-3000册
版　　次：	2014年9月　第1版
印　　次：	2014年9月　第1次印刷
书　　号：	ISBN 978-7-203-08645-1
定　　价：	32.00元

如有印装质量问题请与本社联系调换

读《远去的古城》

王继祖

　　我喜欢历史，尤其喜欢太原的历史；我喜欢历史上的英雄豪杰，尤其喜欢太原历史上的英雄豪杰。赵国增先生诗著《远去的古城》，就是以诗的样式和语言写太原历史上英雄豪杰的，所以，当他把书稿送到我手上，我便认真地读了起来。

　　不读不知道，一读方才发现这是一本虽不甚厚，却极有创意的奇书。奇就奇在诗、文、图三者合一。当今的图书，最时尚的便是图文并茂，也有图诗并茂，诗文并茂的似乎不多，而诗图文并茂者我只见过这一例。也可能是孤陋寡闻吧。

　　对诗，我是个门外汉，留意甚少。国增先生的诗从前似乎见过，依稀中记得长在写体育健儿和体坛盛事。这一次他不仅写太原的英雄好汉，还请孙涛先生配文，还请任俊英先生配画。真是独具匠心。创新是一件颇难之事。然而，不创新便很难发展。许多新一旦创出来，仿佛也没有什么，但是，就是这个"没有什么"绝大多数人是绝对创不出来的。从这个意义上说，《远去的古城》独拔头筹，用做历史文章人的话说，足以存史了。

　　我不会作诗，肯定读诗也是不行的。据说抒情的诗多一些，叙事的诗少一些。大约是叙事诗比抒情诗难写一些吧。也未可知。但用诗来写人，最难。这可是一位写诗写了一辈子的老先生和我说过的。国增先生却舍易求难，专门给人写诗——歌颂太原历史上的24位先贤。《汾河景区抒怀》，这个怀一抒便是"五千年文明史帷幕开启"；《写给汉文帝》，一写就写出一个"文景之治第一犁"；一株《小草》，因为扎根大地，终于长成了"现实主义诗艺的大道"；一次《夜读》，便提出了"沙场怎能不识诡谲风云"。是王维《独步诗苑》，还是国增"独步诗苑"？是杨二酉《留名宝岛》，还是赵国增思念"宝岛"？诗，就是诗，不是文，尤其不是历史文章。这就是我的一点读后微言。

它能做"弁"吗？

2013年3月

王继祖先生系太原市政协原副主席，2012年被中共太原市委授予"太原市首席文化专家"称号。曾主编大型典籍《太原历史文献》《龙城三章》等，出版专著十几种。

讴歌历史名人　开拓古城新韵

吴开晋

　　这是一部独具特色的书。著名诗人赵国增先生，积数年之努力，从收集资料，到实地考察，选取了24位在古城太原居住过，或和太原有深厚渊源关系的历史名人，写成了热情洋溢的诗篇，并由老作家孙涛先生通过考证，写成散文，并对诗作进行评定，汇成《远去的古城》出版，可说是文化界，特别是当代诗坛一件盛事。再加上任俊英先生的配画，更为此书增色，实在是可喜可贺。嘱我作序，甚感荣幸。

　　这24位历史名人，既有帝王将相，又有诗人、画家、经学家、戏曲家，还有侠客义士，都是中国古代史中知名的人物，也是民间广为传诵的名士。从历史年代算起，计有：先秦5人，汉代2人，唐代8人，宋代3人，元代1人，明代2人，清代3人。他们有一个共同之点：都为太原古城的建立和发展做出过贡献，或为太原人民的福祉与中华古老文化的传播付出过艰辛，都是从古至今为人赞颂的人物。诗人讴歌他们，作家介绍他们，又为古城未来的开拓发展涂上了浓浓的文化色彩，此书能够出版，有其深远的现实意义。

　　从诗作来说，首先是诗人以喷涌的激情讴歌历史名人在历史上造福百姓的功绩和多种才华，并以形象、精练之笔，为历史文化名人画像，这就使那些在史书中沉睡的古人活生生地站立起来。人们读后，不但对他们更加崇敬，而且为他们的事迹感到自豪。如被称为汾河之神的公元前541年治水的台骀，诗人以神话传奇般的诗行赞颂了他的功绩，揭开了太原的五千年文明史。他带领民众填平了千沟万壑，疏导了泛滥的河道，使被淹的大地变为绿色的沃田。太原人民为此给他建立了神庙。诗人的激情喷薄而出，使人读后难忘。再如对晋国大夫祁奚，晋国正卿赵简子为古城的建立做出的贡献，诗人也有生动的笔墨加以描绘。

在先秦5人中，最令人感怀的是诗人在《忠义之歌》中对豫让的赞颂。《史记·刺客列传》中记叙了他的事迹。智氏被当时的赵、韩、魏三家共灭后，赵襄子竟把智伯的头盖骨漆成酒器把玩，这使豫让万分悲愤，发誓为恩公报仇。他乔装进入赵府，袭击失败被擒，赵襄子念其忠义却放了他。但他复仇之心不灭，"为忠用漆涂身把容颜自残/为义，吞炭使哑把发声改变"，最后又伏在桥下刺杀赵襄子，然而又失败被擒。他要求赵脱一长袍，用剑砍之，以明报仇之愿，最后自刎而死。此时，诗人又写下了壮烈的诗行："于是，他把长衫悬挂桥上/刺出的利剑犹如雷击电闪//豫让是幸运的，能与智伯心心相连/豫让是不幸的，难容襄子理解成全//我追随你去了/他对恩公仰天呼喊/自刎热血，化作赤桥河水，忠义源泉。"这豪迈悲壮的诗句，使豫让高大的形象站立在人们面前。

为古代名人画像，作者并不求面面俱到，而是抓住其最突出的事迹、最有特色的事件，加以描绘并抒发情怀，如汉文帝刘恒的《文景之治第一犁》，即以刘恒躬耕农田，使民富国足为重点，把自己的咏赞之情喷吐出来。诗人先说刘恒既是帝王，又是农夫，朝堂上是威严无比的皇帝，在田间却是实践着"以农立国""以德化民"理想的一介农夫，诗人满怀激情地吟道：

　　所以，每逢飞雪迎春时
　　你便身先士卒扶起闪光的金犁
　　犁尖疏通着人脉与地脉
　　僵土翻卷起无际的绿意

　　这是惊天的第一犁呵
　　像惊雷传递着万物苏醒的信息
　　这是动地的第一犁呵
　　神州的田野千犁万犁欢歌四起

作为最高统治者，刘恒这样重视农业生产，这正是实现"文景之治"的关键举措。诗人的赞誉并不过分。

再如写西汉外交家常惠的《思念之魂》，诗作把常惠陪苏武被拘匈奴19年的悲苦生活集中展示出来，很感人。

为凸显古代名人的成就和业绩，诗人还以现实中的景物为契机，写出他们在历史上的贡献和在后人心目中的地位。如以晋祠中石碑写唐太宗李世民的文治武功，为推动历史发展做出的努力；以"无字碑"，写女皇武则天任风雨日月评论的开阔胸襟；以唐槐公园的唐槐，写名相狄仁杰的成长与为国为民做出的惊人政绩；以鹳雀楼为引子，称颂唐代诗人王之涣写下的不朽诗篇；以小草咏叹大诗人白居易从生活中获取了艺术生命，才写出了"离离原上草"的名句及一系列载入文学史的名篇；又以晋溪园的银杏书写明代兵部尚书王琼如何忍辱负重成就保国的大业；还以傅山故居的美好风光为明末清初的大学问家、大书画家傅山先生的卓著成就与不屈傲骨抒怀。这些都为诗人抒发主体之情提供了可以依托的鲜明的客体物象。但是，这并非单纯的咏物诗，而是借物咏怀，赞颂那些中华史册上的名流贤士。

诗作的又一特色是：诗人并非单纯地抒发思古之幽情，"为古而古"，局限在对历史名人的刻画与咏赞上，同时，还以古唤今，在诗中揭示出这些历史名人对当今古城建设与发展的启迪作用，以及诗人对美好未来的向往之情。如在歌咏晋国大夫祁奚的《塑像的诗篇》中，诗人称颂了这位"外举不避仇，内举不避亲"的政治家的作为后，又渴望这种光明磊落的风范在当今发扬光大，诗人歌唱道："几千年天空升起过数不清的月亮/几千年大地落下过数不清的夕阳/而今，塑像仍光芒四射/因为你照耀在百姓的心房//是倡廉的春风和煦/是治腐的利器雪亮/我深信祁奚大夫的举贤之道/无论昨天、今天、明天/都会举起中华的英才栋梁/楷模永垂不朽/榜样有无穷的力量"，这就把祁奚的政治清明与贤能和当今的反腐倡廉联系起来了，使人读后深思。又如写晋国正卿赵简子的《写在赵简子墓前》一篇，在赞扬了赵简子建立古晋阳城（今太原古城营一带）的功绩后，便借古咏今："伟岸的城墙包容了不同民族的文化/崇法的雄风荡涤了奴隶制度的残迹//尽管古城在硝烟中远去了/历史的根基却永远融入大地//如今，城市注入了新时代的色彩元素/精神拓展了无限的风光，蓬勃的生机//太原乘势前行/在新世纪的大潮中续写丰功伟绩。"诗人的目光从古代移到今天，着眼于古城的改革开放，很有启示作用。

我认为在写诗人、作家、画家的诗作中，诗情画意更浓，这也许因为作者就是诗人和艺术鉴赏家的缘故，此处就不多说了。

孙涛先生的散文部分，写得很有功力。除了对国增先生的诗作给予精确的评定外，更大的篇幅是用来考证诗人所咏赞的人物。孙先生查阅了大量史料，使诗作中不可能详细介绍人物的局限得以打破，而且文字精确，富有情致，可说是一篇篇吸引读者的精致散文。更令人感兴趣的是，在诗中未提到的一些典故，甚至传说故事，也引入文中，增加了全书的可读性。如写诗人王之涣的《更上一层楼》，散文更换题目为《名满天下鹳雀楼》，不但详细介绍了王之涣的身世、写作才能，而且插入一段趣话。

最后，值得一提的是，任俊英先生的配画也很有韵味儿，对全书而言，可称得上锦上添花了。

总之，《远去的古城》是一本既有历史文化价值，又有艺术魅力的书，相信它定会受到广大读者的欢迎。

2013年3月于北京

吴开晋，笔名吴辛，山东省沾化县人。山东大学文学院教授，中国作家协会会员，中国新文学学会、中国诗歌学会理事，著名的诗歌评论家和诗人。著有《现代诗歌艺术与欣赏》《当代新诗论》及诗集《月牙泉》《倾听春天》等。著作曾多次获省部级奖项，诗作《土地的记忆》于1966年在东京诗人大会上获以色列格瑞姆·林德勃格诗歌和平奖。

目　录

汾河景区抒怀

——写给昌宁公台骀

蓝天白云，高楼彩虹，青山绿树
倒影碧波，在微风中轻歌曼舞
我散步在风景如画的汾河景区
生发出对台骀思念的缠绵诗绪

当年，汾河像张牙舞爪的黄龙飞腾
烟云浩渺，金汤滚动
行至中游时，抖了抖龙身
飞落下黄土，泥沙千顷、万顷

于是，填平了千沟万壑
淤塞了南下的条条河道
昭余盆地，积水茫茫无际①
既给沃土披上了春色的绿袍
也像凶兽肆意发狂咆哮

此时，治水世家走出的台骀

凭智慧，擒黄龙，治汾患
用汗水，疏河道，解民怨
从此，太原五千年文明史帷幕启开
平原热土成就了神州肥沃的田原

托起了太原古城宏伟雄姿
写下了无数可歌可泣的史篇
走出了众多名家英豪
台骀如丰碑铭刻在太原人心间
供奉为汾河之神，为其塑金身建神庙

呵，你是汾河走出的第一骄子
你是太原永世的自豪与荣耀
而今，我的诗绪融入汾河闪烁的浪涛
正同你一起礼赞这美好的今朝……

① 太原盆地远古时期为一片汪洋大泽，史称昭余祁地。

追本溯源说台骀

2012年的春天，当诗人赵国增漫步在汾河景区时，绿色的春风激活了他的灵感。母亲河在他的身边泛起阵阵涟漪，诗人的诗绪随汾河水上下五千年。诗人感悟着脚下的这片热土，想到了在太原这片热土上，千百年来养育出的那些名人志士们，而追本溯源，这片热土的开创者，便是汾河之神台骀。他在《汾河景区抒怀》一诗中，写下了这种思绪，也描述了当年台骀治理水患的情景：

此时，治水世家走出的台骀
凭智慧，擒黄龙，治汾患
用汗水，疏河道，解民怨
从此，太原五千年文明史帷幕启开
平原热土成就了神州肥沃的田原

太原晋祠昭济圣母殿的右侧有台骀庙，《晋祠志》中记载了太原人高汝行建这座台骀庙的故事。高汝行是明嘉靖年间晋祠镇东庄人，他入朝为官，升任浙江提刑按察司副使，在赴任途中乘舟渡长江南下，舟至江心，狂风突起，舟将覆没，高汝行落水，呼天不应，叫地不灵。千钧一发之际，狂风中出现一人将其救起，免于横死。大难不死，高汝行遂长跪在地，请问恩人姓名，然而救助者长笑不答。再三询问，答曰："台骀也。"话毕，隐去。高汝行默语台骀二字，继而猛醒，恍然大悟，顿知救己者，乃汾河之神台骀。他布衣时常听乡人说及，想不到自己仕途上竟逢此神相救，便暗暗发誓，归籍时重修庙宇，再塑金身，以报救危之恩。日后高汝行辞官归里，在晋祠圣母殿旁，出资建起了面阔三盈、深一间许的台骀庙，恭塑了台骀金身，并对乡间父老曰："救我命者，故乡神台骀也。"

太原有多处台骀庙。唐代，河东节度使唐钧为安抚太原士民，将建在太原王郭村的台骀庙扩建，尊称为"汾水川祠"。到后晋天福年间（936～942），后晋主石敬瑭又加封台骀为昌宁公，台骀庙遂被升称为"昌宁公祠"。

战国时代儒家经典《左氏春秋传》中的《左传·昭公元年》（前541）载："昔金天氏有裔子曰昧，为玄冥师，生元格、台骀。台骀能业其官，宣汾、洮，障大泽，以处大（读tai）原。帝用嘉云，封诸汾川，沈、姒、蓐、黄实守其祀。今晋主汾而灭之矣。由是观之，则台骀，汾神也。"这则史料说，金天氏少昊之孙叫作昧，是个水官。他有两个儿子，长子叫元格，次子为台骀。台骀擅长水道，承袭了父亲的官职，疏导了汾水、洮水，阻塞了沼泽，造就了太原这块平原。于是，颛顼帝嘉奖他，把他分封在汾河流域中部，沈、姒、蓐、黄四个部族世代守护着他并负责祭祀他。现在晋国诸侯主宰了汾河流域，并且灭掉了他们。从这个角度看，台骀正是汾河之神呀。

古代的台骀，便是这样以治水英雄的身份，走进了历史，走入了民间。是台骀和他的治水大军，疏导了淤积的大小河道，宣泄了汾水的泛滥四溢，造就了太原盆地这块广阔的沃野。现有的史料，让我们无法得知最早给这块沃野命名为太原者，是何方人氏了。我们不妨假设，正是台骀，在率领民众治水成功后，面对出现在面前的一片平原，由不得大声喊道："好一个大（读tai）原啊！"我们宁愿相信，太原就是如此由台骀而命名。从此，伴随着五千年来中华文明的不断演进，太原其名，无论朝代兴衰，始终未改，直至如今。

2012年的这个春天，赵国增开始了他的诗歌文化之旅，他将用诗歌去歌颂太原的历史，与太原历史上的名人志士们开始一次心灵的神交，将他们作为一个个文化符号来解读，以及寻找他们在今天还可以借鉴和参照的文化意义。

对一位诗人而言，我以为，这是一次有意义的创作历程。

我应邀参与他的这次文化之旅，开始赏读他的诗歌，并对他诗歌中讴歌的那些太原历史上的名人志士们略作简介。我相信，对我而言，这也是一次快乐的文化之旅。

塑像的诗篇
——给晋国大夫祁奚

闪光的中华文化元素
熏陶了你闪光的思想
所以，塑像如一座历史的丰碑
矗立在祁县古城
穿越古今，被人歌唱

立起的是育人的楷模
站起的是教人的榜样
社稷在你心中
无比神圣，至高无上
正因如此，你举贤能
"外举不避仇，内举不避亲"
胸怀坦荡像灿烂的阳光
你做人处事的风范
成了中华美德的华章

几千年天空升起过数不清的月亮

几千年大地落下过数不清的夕阳
而今，塑像仍光芒四射
因为你照耀在百姓的心房

是倡廉的春风和煦
是治腐的利器雪亮
我深信祁奚大夫的举贤之道
无论昨天、今天、明天
都会举起中华的英才和栋梁
楷模永垂不朽
榜样有无穷的力量

心底无私举贤良

在国家历史文化名城祁县城内，有一尊祁奚的塑像，作为小城一景，宣示着祁县悠久的历史和以祁奚为代表的人文景观。

祁奚（约前620～前545），本姓姬，字黄羊，是晋悼公执政时晋国的中军尉。因食邑被封于祁地（今祁县），遂为祁姓。那时，晋阳城尚未出现在太原这块盆地上，太原盆地属于晋国治下的土地，也是晋国无数先贤建功立业的地方。

而祁奚最为史家和后人称道的，则是他出以公心，外举不避仇，内举不避亲，向晋悼公推举人才的故事。这个故事，被司马迁记入了《史记》之《晋世家》。原文如下："三年，晋会诸侯。悼公问群臣可用者，祁奚举解狐。解狐，奚之仇。复问，举其子祁午。君子曰：祁奚可谓不党矣！外举不隐仇，内举不隐子。"用现在的话说，就是在晋悼公三年，晋国要会合诸侯称霸。晋悼公让群臣举荐人才，祁奚举荐了解狐。此人是祁奚的仇人。晋悼公又让祁奚举荐，这回祁奚举荐了他的儿子祁午。于是司马迁赞美道：这可真是外举不避仇，内举不避亲啊！

诗人赵国增祖籍祁县，每每回到家乡，总爱到城内瞻仰一下祁奚这位古代的同乡先贤塑像。面对这尊塑像，他诗情涌动，便有了《塑像的诗篇》这首歌赞祁奚的抒情诗。

诗歌一开笔就穿越两千多年，探寻到了祁奚的思想源头：

闪光的中华文化元素
熏陶了你闪光的思想
所以，塑像如一座历史的丰碑
矗立在祁县古城
穿越古今，被人歌唱

　　春秋时代，是一个百家争鸣的时代。祁奚外举不避仇，内举不避亲的做法正体现出一种天下为公的认识。其后，在孔子的学说中，这种认识更成了儒家学派的共识。儒家讲："大道之行也，天下为公，选贤与能，讲信修睦，故人不独亲其亲，不独子其子。"（见《礼记·礼运篇》）可以说，祁奚在为国家举贤荐才这件事情上，体现并实践的，正是天下为公的思想。对自己而言，解狐是仇人，祁午是仇人儿子，但晋悼公是让他为国家举贤荐才，国家社稷的大事，就得从天下为公出发，绝不能站在自私和狭隘的立场上来看人看事。正是祁奚两千多年前的这种作为，让当今的祁县当政者和人民群众为他塑像，以史为镜，弘扬中华美德。
　　所以，赵国增如此歌颂祁奚：

立起的是育人的楷模
站起的是教人的榜样
社稷在你心中
无比神圣，至高无上

现实主义和浪漫主义，从来就是诗人灵动的双翼。当代诗人赵国增，必然会从两千多年前的晋悼公时代，观照当今的现实。于是，他吟出了一种期盼：

是倡廉的春风和煦
是治腐的利器雪亮
我深信祁奚大夫的举贤之道
无论昨天、今天、明天
都会举起中华的英才和栋梁
楷模永垂不朽
榜样有无穷的力量

任何事物，总是相辅相成的。当年的祁奚和他的领导晋悼公，都是爱贤惜才之人。晋悼公在晋国的历史上，是一位有才学，有大志，敢于开拓，能用贤才，善于听取各种意见治理国家的君王，所以才有了晋悼公复霸的历史。除了他赞赏祁奚举贤的掌故外，还留下了"楚才晋用"的故事。当时楚国是晋悼公复霸的主要劲敌，在楚国不得志者，或不被重用者，投奔到晋国，都成了晋悼公重用的谋士良将，成为晋悼公战胜楚国、复霸天下的人才。如果晋悼公是一位小肚鸡肠的上级，他是绝不会赞同部下祁奚的用人之道的。这正是《塑像的诗篇》这首抒情诗的另一种诗外之音。

写在赵简子墓前

赵简子即赵鞅，春秋末年晋国正卿。

——题记

一堆黄土可以掩埋一个人的躯体
却掩埋不了他的丰功伟绩

流逝岁月可以夺去一个人的生命
却夺不走时代对他的追记

赵简子，是你为太原的诞生构思
是你为古城的耸立奠基，崛起

伟岸的城墙包容了不同民族的文化
崇法的雄风荡涤了奴隶制度的残迹

尽管古城在硝烟中远去了
历史的根基却永远融入大地

如今，城市注入了新时代的色彩元素

精神拓展了无限的风光，蓬勃的生机

太原乘势前行
在新世纪的大潮中续写丰功伟绩

呵，赵简子推动历史前进的励志
始终在这块热土上闪光、给力……

奠基晋阳第一人

两千五百多年前，一个阳光明媚的日子。

汾河的河道里浪花滚滚，西边的山峦中叠嶂层层，在一处依山傍水、绿茵遍地的平原上，晋国上卿赵简子（又名赵鞅，公元前？～前477）率家臣董安于和一队铁甲护卫，飞马而至。极目四周，赵简子对董安于说："这里是一块风水宝地，让我们的晋阳城，就在这里平地而起吧！"

这个场景，是一段真实的历史。

其时，曾威加四海、一统神州的周天子王朝，开始衰落，名存而实亡，其分封的各诸侯国扩疆拓土，争霸不休，英雄辈出，中国历史上的春秋时代，已姗姗而至尾声。而在晋国，赵、魏、韩、范、中行、智氏等六个异姓贵族，已成为晋国举足轻重的新兴势力，即所谓的"六卿"。他们分别而治，各自发展势力，史称"六卿专权"。六卿之首的赵简子，雄心勃勃，为了建立稳固的根据地，开始派董安于修筑晋阳城。

古晋阳城的位置，在现今太原古城营一带，这里地处晋中盆地北端，靠山面水，土地肥沃，交通便利，战略地位十分重要。赵简子派遣家臣董安于修筑晋阳一事，《战国策·赵策一》有载："董子之治晋阳也，公宫之垣，皆以荻蒿苦楚庸之，其高至丈余……公宫之室，皆以炼铜为柱质。"董安于在当时不愧是一位建筑高手，他令工匠们在宫墙的夯土中，加入荻蒿和苦楚这些北方的植物茎秆作骨架，使墙体格外结实；在建造宫殿时，用铜水浇铸柱础，使廊柱坚不可摧。为了加强晋阳城的管理，董安于建城后，赵简子又命家臣尹铎治理晋阳，进一步加固城墙，储备粮草，减少税收，富民强兵，使晋阳成为一座军政合一、易守难攻的坚固城市。

公元前497年，赵简子入驻晋阳城，标志着晋阳城正式建成并开始使用。稍后，赵简子多次主持盟誓活动，联盟魏、韩、智，先孤立了范、中行二卿，之后将其灭亡。赵简子的领地，从晋阳渐渐扩大到邯郸等地，赵简子也取得了晋国执政卿的地位，故司马迁说，赵简子"名为晋卿，实专晋政"。

赵简子是一位改革家。他敢于向当时森严的贵族等级制冲击，虽无铸鼎之级别，却大胆铸刑鼎以确立晋国之刑法，号令遍及晋国全境；他制定出打破奴隶制世袭为奴的政策，凡建立军功的奴隶，都可免去奴隶籍而升为大夫；他还在土地亩制中，采用当时最大的亩制，使自己领地内的老百姓，能得到更多的耕地。正是赵简子以晋阳城为根据地多方运筹，在其死后，其子赵襄子（又名赵无恤）才能子承父志，推动历史前进，最终演出了联合魏氏、韩氏灭掉智氏，从而赵、魏、韩三家分晋的战国故事。

赵简子，是你为太原的诞生构思
是你为古城的耸立奠基，崛起

伟岸的城墙包容了不同民族的文化
崇法的雄风荡涤了奴隶制度的残迹

1987年，太原一电厂扩建厂房时，意外地发现了1350余座古墓，其中便有首次发现的春秋晚期晋国赵卿墓（编号M251）及其附葬的车马坑（编号M252）。此墓此坑其规模之大，等级之高，遗物之丰富，令人咋舌。1988年3月20日，文物工作者开始对赵卿墓正式发掘。赵简子墓的随葬器物非常丰富，青铜礼、乐、兵、舆等重器齐全，共有3432件。车马坑150平方米，有马46匹，车16辆。许多重器构思之妙，巧夺天工，彰显出华丽、自由的气息，勾勒出大国崛起的梦想。如精美绝伦的青铜匏壶，壶体似一匏瓜，盖呈鹗（鸷鸟）形，鹗的双目圆瞪，尖喙大张，细长颈，短尾，一双利爪紧紧抓住两条扭动的小龙，肩腹部有一虎形捉手，从虎口衔环处，又引出一条铰链，与壶盖的鸟尾相连。再如那件让人夺目不舍的青铜鸟尊，造型是一只昂首挺立、羽翼丰满的鸷鸟。鸷鸟鼓目圆睁，尖喙下勾，鸟喙上部在倒酒时可自由开启，鸟的背上附一虎形捉手，虎弓身伏首，后肢铰链与捉手之下的尊盖相连，鸷鸟的两足直立，与尾下的虎形支脚，呈三足鼎立之势。它们被存放在山西博物院的展柜中，依旧放射着时代创造的激情，映现着赵简子那个时代，太原人辉煌而洒脱的历史剪影。

2003年，太原市官方举办了纪念太原建城2500年的隆重纪念。其中一项内容，便是在龙潭公园内安置了一尊硕大的铜鼎，记载太原过去的历史，描述太原未来的前程。

2011年，太原当局多次论证，为太原归纳出一种核心价值观：包容、尚德、崇法、诚信、卓越。这种城市精神，以公益广告的形式，出现在太原古城的大小街头。所谓城市精神，是一座城市保持活力的灵魂，也是一座城市绵延不绝的血脉。这种灵魂，是由这座城市一代又一代的志士贤人聚集而成；这种血脉，也是由这座城市一代又一代的志士贤人传承而至。源头呢？便是赵简子，以及他的家臣董安于、尹铎，以及那些修筑晋阳城的无名的奴隶们。

所以，我愿与读者们一道，再次吟咏一下赵国增的诗句：

呵，赵简子推动历史前进的励志
始终在这块热土上闪光、给力……

晋阳古城没有消失，它只是远去了。与历史一道，虽说离我们越来越远，然而，闪烁在两千五百多年历史中的古城的灵魂、古城的血脉，却一直在我们当代太原这座城市中继续闪烁着，继续传承着。

忠义之歌
——写给豫让

豫让，春秋末期晋国人，为晋卿智瑶（智伯）家臣。公元前453年，赵、韩、魏共灭智氏。赵襄子将智瑶的头骨做成酒具，豫让万分悲愤，立誓为知己复仇。

——题记

从此，忠义如燃烧的火种
点起心中传袭千古的烈焰

为忠，用漆涂身把容颜自残
为义，吞炭使哑把发声改变

践行"士为知己者死"的理念
他纵情演绎着忠肝义胆的灿烂

虽然，三次刺杀都没能得手
他的人格却高高升华在神州传遍

就连赵襄子也为之动容感叹
脱件长衫满足他报恩复仇的心愿

于是，他把长衫悬挂桥上
刺出的利剑犹如雷击电闪

豫让是幸运的，能与智伯心心相连
豫让是不幸的，难容襄子理解成全

我追随你去了！他对恩公仰天呼喊
自刎热血，化作赤桥河水忠义源泉

至此，豫让血写的忠义之歌
载入了侠士史册，世代相传

赤桥之水早已凝入了民族的血脉
忠义精神续写出一首首新的诗篇……

忠义热血染赤桥

　　太原西南约20公里处，有古村落名赤桥。村中有古豫让桥，也名赤桥。因桥下原晋水干涸，桥面已被日益抬高的河床淤泥埋于地下。如顺历史源头远溯至春秋末期，晋水在桥下湍急而去，这座石桥便是出晋阳古城，跨越晋水的必经之道。

　　那是一个秋日，艳阳高照。一位汉子向桥头走来。他遇见了一位农夫，是与他多年为邻的一位老伯。汉子拦住老伯，问道："老人家可认识豫让？"老伯上下打量了面前的汉子几眼，摇摇头道："听说他谋刺赵襄子大人未遂，也不知如今是死是活了。这位壮士，你打探他有何事啊？"汉子闻言，点首大笑，辞别老伯而去。真好。连多年为邻的老伯都不认识自己了！这位汉子更加坚定了此次行动的信心。他来到桥头，四顾左右无人，悄悄钻入桥下，隐身于桥拱之中。

　　这位汉子，便是豫让。豫让此行，是要为恩公智伯报仇。

　　此仇何为？说来话长。

　　春秋末期，晋国衰败，晋王政权受智卿智伯、赵卿赵襄子（也称无恤）、魏卿魏桓、韩卿韩康子等四卿专权，而智伯为大。晋王欲逐四卿，反倒被四卿合力所逐，逃至齐国，史称晋出公。智伯遂立晋室新君，为晋哀公，并挟晋哀公以号令赵、魏、韩三卿，向他们索取土地。魏、韩二卿皆屈服。唯有赵襄子，据其父赵简子修筑的晋阳城天险，要与智伯对抗。于是，智伯联合魏、韩两家，围困晋阳城，攻伐赵襄子。

晋阳城被困三年，智、魏、韩三家军士久攻不下。智伯决定引汾河水和晋水灌城，眼看着两河的河水漫上城墙，智伯以为胜利在望了。晋阳城危在旦夕，赵襄子和他的军民却不屈服。当初赵简子修筑晋阳城时，曾令工匠们在城墙的夯土中，加入荻蒿和苦楚这些北方的植物茎秆作骨架，使墙体格外结实；在建造宫殿时，用铜水浇铸柱础，使廊柱坚不可摧。现在，赵襄子下令，取城墙中的木杆制箭杆，熔宫殿的铜柱铸箭头，继续抵抗攻城之敌。同时，密令家臣张孟谈坐一藤筐，令士兵将其坠至城下。张孟谈连夜求见韩、魏二卿，晓以赵如亡，智伯必继续灭韩、魏之理。韩、魏二卿考虑到自家的利益，乃与张孟谈约定，韩、魏、赵三家联合，一起攻杀智伯。这种新的结盟，让智伯大军陷入包围，赵襄子派大军冲出城外，杀掉智伯守护河堤之军，决水反灌智伯军营。韩、魏两军也乘势夹击智伯，智伯大败。赵襄子擒杀智伯，为庆贺胜利，竟"漆其首以为饮器"。

智伯的家臣豫让，曾被智伯以国士之礼相待。主公被杀，且死后如此受辱，豫让决心为主公复仇。赵国增写给豫让的诗，便是从这里切入，写出了发生在赤桥上的一首忠义之歌。

从此，忠义如燃烧的火种
点起心中传袭千古的烈焰

第一次复仇发生在晋阳城中。豫让刮掉胡须和眉毛，混入赵氏宫中，装成洗刷宫厕之人，待赵襄子如厕时，执剑猛扑向前。但他不敌对手，又因护卫赶来，结果被擒。他早做好了事败被擒，让赵襄子杀头的心理准备，甚至准备在被砍头时，要对着苍天和百姓高喊："主公，我追随你去了！"然而，当赵襄子问清他的身份，继而问清他做刺客的缘由时，他绝没想到，赵襄子竟仰天大笑："如此忠义之士，我岂能杀你！"

豫让被当场释放了。

豫让要继续报仇。赵国增如此描述：

为忠，用漆涂身把容颜自残
为义，吞炭使哑把发声改变

他摸准了赵襄子出城巡视的时间，果然等到了赵襄子的马队踏上了桥头。豫让从桥下飞身而上，手中利剑直刺赵襄子。他再次失败。赵襄子躲过剑锋，回头看时，一干护卫已将豫让打倒在地，执于马前。赵襄子哈哈大笑说："你虽毁了自个的颜面，让我认不出你，但我却能认出你一颗忠义之心！"

就连赵襄子也为之动容感叹
脱件长衫满足他报恩复仇的心愿

豫让将这件长衫当做仇人，高高抛起，剑锋闪过，长衫破为两截。又一剑刺去，两截叠在一起的长衫被狠狠刺穿。豫让发出一声惊天动地的大喊："主公，我追随你去了！"随着喊声，他挥剑自刎，血染桥面，血染河水。

赵襄子惊呆了。他原本是想收服这位忠义之士，使其为己所用啊！

　　诗人辩证地写出了事情的结局：

　　豫让是幸运的，能与智伯心心相连
　　豫让是不幸的，难容襄子理解成全
　　……
　　至此，豫让血写的忠义之歌
　　载入了侠士史册，世代相传

　　忠义，是我们中华民族的一种精神，它融在我们的血脉中，千百年来，不断凝结出新的故事，谱写出新的诗篇。

写在窦大夫祠

窦大夫祠位于太原西北20公里的上兰村，是为纪念春秋晋国大夫窦鸣犊所建。

———题记

这里的一石一木，一物一景
都生发着跌宕起伏的诗情
穿越历史，我停下脚步感悟思考
人生旅途，如何在史书中留下屐痕

儒雅的窦大夫塑像告诉我
为官者，要不畏君王心系苍生
干涸的烈石寒泉告诉我
从政者，要关注民情体察百姓

你顺民意，修路，开渠，引水
润泽了山清水秀，五谷丰登
我望着现已枯竭的"烈石寒泉"
却看到后人心中的泉水清澈涌喷

你直言进谏，却招来仇人的暗算
于是，烈石山肃立，汾河水悲鸣
惊闻噩耗的孔子正在入晋的路上
当即回车离去，让泪水在车辙中飘零

四方百姓为你树碑建祠千秋纪念
文人墨客为你挥毫泼墨万代赞颂
有人活着，却被历史抛弃
你虽长逝，香火绵延升腾

呵，我绕过那苍天的翠柏
轻步沉湎于大殿外长廊的幽静
顿觉，窦大夫和我的热血一起脉动
角楼上，警钟正叮咚长鸣……

孔子回车哀窦犨

太原盆地北端的烈石山下，绿树掩映中，有一座窦大夫祠，供奉的是春秋时代的晋国大夫窦犨。当诗人赵国增轻步走进祠内后，心底涌出了这样的诗句：

这里的一石一木，一物一景
都生发着跌宕起伏的诗情
穿越历史，我停下脚步感悟思考
人生旅途，如何在史书中留下屐痕

晋国大夫窦犨，又名窦鸣犊，其封地在太原一带，曾在阳曲黄寨（古称狼孟）筑路、开渠、引水，深得民望。窦大夫祠的创建年代已无处追寻，唐末枭雄李克用的儿子李频在《留烈石》一诗中写道："游访曾经驻马看，窦氏遗像在林峦。"因此，此祠最晚应建于唐代。宋代元丰八年（1085），宋神宗追封窦犨为英济侯，故窦大夫祠也称英济祠。

诗人赵国增漫步祠内吟诗时，要"穿越历史"，这是诗人的激情，而"如何在史书中留下屐痕"，则是全诗的诗眼了。

儒雅的窦大夫塑像告诉我
为官者，要不畏君王心系苍生
干涸的烈石寒泉告诉我
从政者，要关注民情体察百姓

透过诗眼，诗人看到了代代百姓对窦大夫的怀念。虽然烈石寒泉流经千百年后，已经干涸了，"却看到后人心中的泉水清澈涌喷"。诗人又看到了窦大夫当年和孔子的友谊，在如何安邦治国平天下的理念上，他们有同一个理想，是同一种学派。所以，当窦大夫丧命于赵简子手下时，便有了孔子回车，不再入晋的历史典故：

惊闻噩耗的孔子正在入晋的路上
当即回车离去，让泪水在车辙中飘零

当年，孔子周游列国，向各国君王宣传他的治国理念，当然，他的目光，也看中了晋国那位雄才大略的赵简子。也有一说，是雄才大略的赵简子，诚邀孔子莅晋，想听听这位大儒治国的学问。但孔子未到，赵简子却已和窦大夫的那种治国观念发生了激烈的争执。于是，窦大夫便死在了赵简子的刀下。其时，孔子正行至黄河边，听到了窦大夫被杀的消息，孔子看着滔滔河水感叹道："壮美呀，黄河水，浩浩荡荡多么盛大，我之所以不能渡过黄河，也是命运的安排吧！"子贡不解其意，上前询问，孔子说："窦犨他们，都是晋国贤良的大夫，赵简子未得志时，与他们政见相同，一旦得志，却杀掉他们推行自己的新政。我听说不论何时何地，剖腹取胎，麒麟就再也不会降临；竭泽而渔，蛟龙就再也不会出现；覆巢倾卵，凤凰就再也不来飞翔。我还听说，君子总是对同道的不幸遭遇特别伤感，那些鸟兽对于不义的行为尚且知道避开，更何况是我孔丘呢。"于是，孔子返回了鲁国陬乡，并作琴曲《陬操》来哀悼窦大夫。窦大夫祠内有楹联：太行峰巅，孔圣为谁留辙迹；烈石山下，晋贤遗泽及苍生。这是清代乾隆年间任凤台令的浙西学者沈荣昌所撰，后人仿制。这副楹联，上联指的就是这个典故，下联指的，则是窦大夫和民众的情谊了。

学者林鹏，在其专著《平旦札》（台湾秀威资讯科技股份有限公司2009年6月出版）142章中，对三晋先贤窦犨有如此研究：

"《国语·晋语》中记载着一段窦犨对赵简子说的话。他说：'臣闻之，君子哀无人，不哀无贿；哀无德，不哀无宠；哀名之不令，不哀年之不登。夫范、中行氏不恤庶难，欲擅晋国，今其子孙将耕于齐，宗庙之牺为畎亩之勤，人之化也，何日之有。'从这一段话里，可以看出窦犨之为人，堂堂正正，光明磊落。他认为'欲擅晋国'的范氏和中行氏，都是因为有野心，才遭到报应。他没有想到他面前的赵简子，不是'欲擅晋国'，而是欲专天下了。……难道赵简子是坏人吗？很难说。他的儿子赵襄子灭掉智氏，三家分晋，赵国日益强大，在历史上活跃了一百多年，至赵武灵王，胡服骑射，山东六国，独领风骚。"

春秋时代，各种学派对立，各种政治集团争斗，是一个百家争鸣、奴隶主们割据天下的时代。当政治和学术的观点相左时，强权便起了作用，不再在实践中互想比试，而是要以消灭对方的肉体来结束争论了。赵简子杀窦犨是如此，孔子闻讯回车后的第二年，他出任了鲁国司寇后，利用职权，诛杀了和自己有政见和学术分歧的少正卯，也是如此。谁叫你少正卯胆敢开坛讲学，敢与孔子唱对台戏呢？[①]在这一点上，哀悼窦犨的孔子，倒与赵简子的做法一致了。

呵，我绕过那苍天的翠柏
轻步沉湎于大殿外长廊的幽静
顿觉，窦大夫和我的热血一起脉动
角楼上，警钟正叮咚长鸣……

诗人如此结束了他的吟唱，而警示的钟声，依旧在我们的心底回荡。

① 汉代王充《论衡·讲瑞篇》记载："少正卯在鲁，与孔子并，孔子之门三盈三虚。"

文景之治第一犁
——写给汉文帝刘恒

你是皇帝，我却视你为农夫
因为你们都深爱养育社稷的土地
我视你为农夫，你却是皇帝
因为你手中有至高无上的权力

朝堂上你身着龙袍华威无比
内心却仍穿昔日代王的布衣
践行着"以农立国"的思想
奉行着"以德化民"的天理

所以，每逢飞雪迎春时
你便身先士卒扶起闪光的金犁
犁尖疏通着人脉与地脉
僵土翻卷起无际的绿意

这是惊天的第一犁呵
像惊雷传递着万物苏醒的信息

这是动地的第一犁呵
神州的田野千犁万犁欢歌四起

一柄柄犁啊收获着五谷丰登
百姓的日子过得足食丰衣
"养老诏"保障着老年人舒心度日
"赈贷诏"解困着社会的弱势群体

呵，汉文帝开天的第一犁呀
犁出"文景之治"万象更新的天地……

文景之治始晋阳

　　那是一个春寒料峭的日子，长安城内的大小商贾们，几乎倾城而出，长安城外务农的老百姓们，也不顾路远，从四处赶来，全部聚集在官家圈定的一块土地四周，等待着新登基的皇上亲率文武百官，来此耕田以鼓励农事。一支特殊的队伍终于来了。汉文帝刘恒不着龙袍，不坐华辇，一身布衣，仅骑一骏马，文武百官紧随其后踏尘而至。围观的百姓纷纷跪拜，山呼万岁。只见刘恒下马看一眼地头早已摆好的十几具犁具，走入田头，手扶第一犁柄，其他官员，纷纷下马去争其他犁柄。早已牵牛待命的士兵牵动了第一头牛，汉文帝扶犁，铧醒了脚下的沃土。

　　　　这是惊天的第一犁呵
　　　　像惊雷传递着万物苏醒的信息
　　　　这是动地的第一犁呵
　　　　神州的田野千犁万犁欢歌四起

　　诗人赵国增在《文景之治第一犁》这首诗中，将视角聚焦在汉文帝刘恒亲率百官耕田这件事上。在《史记》的本纪《孝文帝刘恒》和《汉书》的本纪《文帝刘恒》中，都有汉文帝"亲率群臣农以劝之"的记载。诗人追忆的，也正是这样一位坚持以农立国、以德化民，开创了汉王朝文景之治的皇帝。

> 朝堂上你身着龙袍华威无比
> 内心却仍穿昔日代王的布衣
> 践行着"以农立国"的思想
> 奉行着"以德化民"的天理

刘恒的母亲系宫女出身，刘邦与她不过是一时宠幸，《汉书》说她："自有子后，希见。"刘邦冷落了她，她的儿子刘恒，自然也不会受到刘邦的器重。刘恒被封为代王，来到晋阳，其母相随，也足见她在刘邦的众多女人中那种边缘化的地位。高祖死后，陈平、周勃等大臣诛杀诸吕，为防止日后再出现类似吕后专权的情形，考虑到刘恒之母无显赫的家族背景，决定将刘恒接回长安继位。代王登基，为汉文帝。

汉文帝在晋阳任代王时，就了解并熟知民情，知道国家如果赋税过重，只会伤农，而农业不兴，则国家无粮，百姓不安。他实行了对农民减少各种赋税，特别是对农民免除农业税的政策，调动了农民从事农副业生产的积极性。同时，实行了"丁男三年而一事"的徭役制，凡成年男丁三年才服役一次。这种减免使得汉文帝在位期间，在中国的封建社会历史上，是对农民最宽松的时期，让成年男丁有了更多的时间来从事农业。

文帝即位之初，列侯多居长安，远离所属食邑，造成"吏卒给输费苦"，给地方官吏和百姓增加了一项新的转输负担。文帝诏令列侯回归封邑，做官吏的及有诏令特许的，要将太子送归封邑，其他任何人不许留居长安。这样一来，减少了社会对这些王侯公爵们的负担。

汉文帝还下令开放原来归属国家的所有山林川泽，准许私人开采矿产，利用和开发渔盐资源，从而促进了农民的副业生产，与国计民生有重大关系的盐铁生产，也由此得到发展。弛禁的结果，使"富商大贾周流天下，交易之物莫不通"。

废除过关用传制度和入粟拜爵两项政策，也体现出汉文帝的治国理念。汉代在军事重镇或边地要塞，都设关卡以控制人口流动，检查行旅往来。出入关隘时，要持有"传"，即通过关卡的凭证，方可放行。取消了出入关的"传"，使民间的自由往来更加方便，有利于商品的流通和各地的经济联系，对于农业生产和商业兴盛，有一定的促进作用。入粟拜爵，就是公开招标价卖爵位，用此方法来充实边防军粮。这种买官卖官不足取，但当时对于身份低下的农民而言，却因此而受惠，可以用劳动成果，换来一定的社会地位。对全国的孤寡老人，定期发放布帛棉絮，让他们安度晚年。

汉文帝在位23年，车骑服御之物，都不让宫中增添。他还屡次下诏，禁止郡国贡献奇珍异宝。平时穿戴，都是如做代王时一样，用粗糙的黑丝绸做衣服。为自己预修的陵墓，也要求从简。在中国历代帝王中，汉文帝的简朴，一向为史家和世人称道。

刘邦建立的大汉王朝，一直没有解决了秦王朝过分剥削农民、破坏合理的权利和界限的根本问题。正是在汉文帝治下，才造成一个"吏安其官，民乐其业"的社会环境，开创了文景之治的局面。史家有定论：先有晋阳，后有汉唐。开创文景之治的汉文帝刘恒和开创贞观之治的唐太宗李世民，都是从小生活在晋阳。在这片热土上，悠久的传统文化和淳朴的民风滋润着他们，使他们有了贴近民生的阅历，也有了一代帝王必须与百姓休戚与共的认知。正是在这种认知的前提下，汉文帝实施安民之道，推行了一系列改善民生、富民强国的政策。而这一切，其源、其本，则应追溯到刘恒在晋阳为代王时的人生阅历。

　　你是皇帝，我却视你为农夫
　　因为你们都深爱养育社稷的土地
　　我视你为农夫，你却是皇帝
　　因为你手中有至高无上的权力

　　皇权是不值得歌颂的，但诗人赵国增咏唱汉文帝关注民瘼改善民生的改革，则是值得赞许和肯定的。

思念之魂
——写给西汉外交家常惠

　　西汉时期，太原人常惠奉旨随同使节苏武出使匈奴国，不幸，被扣押十九载。

——题记

穿过历史的隧道，我看见他
在一棵树下扒着厚厚的积雪
寻找枯干的树枝
迎接更加寒冷刺骨的岁月

这时，他正思念故乡，父亲
曾给他种下的那棵枣树
盛夏，蜜蜂飞舞传授着枣花的花粉
秋天，父亲将红枣装进陶罐泡酒存贮

这时，他正思念祖国，春节
举国上下喜贴门神，燃放爆竹
父亲乐得打开了罐口封条
醉枣的清香在空气中飘溢旋舞

思念是爱国之魂，有了它
可敌软禁、流放、羞辱人格的胁迫
可抗封官、许愿、金银财宝的诱惑
他泰山般的意志坚如钢铁

思念是民族之魂，有了它
不怕孤独、苦役、远离祖国的苦痛
何惧饥饿、冰雪、濒临死亡的绝境
摧不毁他铁骨铮铮，气节如虹

思念是阳光之魂，有了它
驱散了异国他乡十九载的黑暗
拨开了大汉帝国外交上的迷雾传言①
汉之魂凯旋回到繁华的国都长安

他又奉命率军出征，威震西域
捍卫了华夏神圣不可侵犯的领土
呵，常惠之魂在我的脑海中闪现
引发共振，发酵出绵长的诗绪……

① 常惠陪苏武出使匈奴被囚十九载。汉朝以为二人皆死，又派使臣赴匈，常惠暗中见到汉使，告其苏武并没有死，仍在北海囚牧。并施之以计："汉天子在上林狩猎，射中鸿雁，雁足系有书信，上言苏武在某海泽牧羊。"汉使依常惠之计向匈奴王要人，苏武、常惠终于获释。

思念之魂铸精神

赵国增歌咏常惠，以"思念"为诗核，概括为"爱国之魂""民族之魂"和"阳光之魂"。

思念是爱国之魂，有了它
可敌软禁、流放、羞辱人格的胁迫
可抗封官、许愿、金银财宝的诱惑
他泰山般的意志坚如钢铁

思念是民族之魂，有了它
不怕孤独、苦役、远离祖国的苦痛
何惧饥饿、冰雪、濒临死亡的绝境
摧不毁他铁骨铮铮，气节如虹

常惠，西汉太原人，是一位活跃于汉武帝、汉昭帝、汉宣帝、汉元帝四朝的杰出外交家。生年不详，卒于汉元帝初元三年（前46）。

汉初百余年间北垂不宁，边塞匈奴部族经常南下骚扰，战事频仍。经过"文景之治"，大汉王朝有了较为丰盈的国库，汉武帝亲政后，卫青、霍去病奉旨出击匈奴，伤其生力，逐其漠北，烽火暂息。武帝刘彻为巩固军事上的胜利，采取一张一弛之术，对战败的匈奴实施和盟国策。而匈奴国初临单于之位的且鞮，深恐汉军乘机北袭，乃遣使臣赴汉称臣。武帝遂于天汉元年（前100）派遣中郎将苏武为正使，张胜为副使，常惠为假使，持节出使匈奴。至匈奴后，谈罢外交事务的苏武正欲归国，不料且鞮单于出尔反尔，骄横异常，竟向苏武提出要其背弃大汉，降服于匈奴。苏武不应，遂被软禁。正在此时，匈奴国内发生谋反事件，汉副使张胜，背着苏武和常惠，参与了此事。且鞮单于查清谋反事件与苏武、常惠无关，他俩并不知情，更没参与，仅张胜个人所为后，仍拘押苏武、常惠不放，并以高官厚禄拉拢苏武、常惠等，想诱使其背弃国家，降顺匈奴。苏武、常惠不辱使命，不失气节，义正词严地给以回绝。且鞮单于恼羞成怒，遂将苏武、常惠分而囚之，以消磨其斗志。拘遣苏武于北海（今俄罗斯贝加尔湖一带）牧羊；囚答常惠于官府牢狱，以繁重的苦役折磨他。那位张胜，事发后却屈膝卑躬，投降了匈奴。苏武在北海受尽饥寒困顿、罕见人烟之苦，而此时之常惠已沦为匈奴达贵的宫廷奴隶，完全丧失人身自由，随时有被杀之危。然而，常惠始终不忘自己是堂堂大汉使节，他思念着祖国，保持着民族的气节情操，挫败了匈奴人多方面的威胁、利诱和欺骗。

　　思念是阳光之魂，有了它
　　驱散了异国他乡十九载的黑暗
　　拨开了大汉帝国外交上的迷雾传言
　　汉之魂凯旋回到繁华的国都长安

　　汉武帝死，汉昭帝继位。匈奴方面，且鞮也死，其子壶衍做了单于，与汉朝再度恢复"和亲"关系。汉朝政府要求放还苏武、常惠等，壶衍单于却诡称此二人已死多年，继续拘押，不予释放。后来，汉朝又派使臣赴匈奴，在宫廷为奴的常惠，乘隙得脱，暗中见到汉使，说自己就是当年的假使常惠，又告其正使苏武并没有死，仍在北海囚牧。并施以计："可以说我们大汉天子在上林狩猎，射中鸿雁，雁足系有书信，上言苏武在某海泽牧羊，以此为据要人。"汉使依常惠之计询于壶衍单于，壶衍单于听罢汉使之问，大惊，以为此乃天意，遂睅睨左右随从，向汉使致歉，承认了苏武仍在的事实。在常惠机敏的运作下，于匈奴苦度十九载的苏武、常惠终于获释。始元六年（前81），常惠随苏武荣归阔别多年的汉都长安。汉昭帝封常惠中郎之职，拜其为光禄大夫，留在宫中做处理匈奴问题的顾问。

　　宣帝继位后，匈奴与汉的关系又日趋紧张，边境战事时有发生。本始二年（前71），宣帝诏命常惠为校尉，持节出使西域乌孙国，意在与其联盟，共击匈奴。乌孙国是西域三十六国中势力较大、国力较强者，常受匈奴侵扰，与之结怨日久。常惠到达乌孙后，乌孙国王对与汉结盟共抗匈奴一事，举棋不定，惮惧匈奴马壮兵强，日后难于应付，反遭其害。常惠向乌孙国王陈述利害，说明只有联合抗击匈奴，打通西域与汉室通道，发展两国贸易，富裕两国人民，才是乌孙国强国之道。否则，匈奴不逐，终为双方患害，而且乌孙受害尤深。常惠终于说动乌孙国王下决心"发国半精兵，自给人马五万骑，尽力击匈奴"。常惠也告请宣帝，调遣汉朝精骑15万，由5位将军分率出征。汉乌联军分两路出击，匈奴腹背受敌，大败。乌孙国军队俘获匈奴骑将以下4万余众，驴骡等牲畜5万余匹，羊60余万头。常惠之功，朝野共赞，宣帝擢其为长罗侯，继任苏武曾任的典属国之职，全权掌管对汉称臣的属国事务，专门处理汉王朝与其他周边国家的外交往来，成为西汉中期杰出的外交活动大家。汉宣帝甘露年间，常惠官至右将军，仍任典属国要职，成为国家的栋梁之材。汉元帝初元三年（前46），常惠逝世，被谥为"武壮侯"。

思念之魂铸就了一种精神，这精神就是热爱自己的祖国，热爱自己的民族。这正是我读《思念之魂》的感受。

碑　文
——写给唐太宗李世民

这块碑文会讲故事
这块碑文能歌善舞
这块碑文承载了厚重的历史

它矗立在秀丽的晋祠公园
莫道它身高只有354厘米
撑起的却是一个民族的苍穹

碑文是太宗御笔撰写心血凝成
他自叙着"贞观之治"的辉煌业绩

斗转星移
难老泉仍讲述着太宗的故事
兵发太原饮马泉边
势如破竹，捣毁暴政腐败的隋朝
开创了盛唐富民强国的新纪元

碑文之魂延续着太宗的活力
恰似唐槐郁葱昌盛
又如悬瓮山麓巍峨挺立
碑文之光辉耀着五洲四海
一座座"唐人街"的牌楼高耸异国他乡
光焰温暖着华夏的风雨
光焰照亮着炎黄子孙的心房

哦！碑文是有形而又无形的时代铜镜
既辉映着大唐文治武功的伟力
也耸立起中华不断复兴、超越的标杆……

观瞻唐碑说太宗

　　太原晋祠，是一处文物荟萃之宝地。晋祠内有"贞观宝翰"亭，内置两通巨碑，一为唐代贞观二十年（646）太宗李世民御制，碑高354厘米，宽120厘米，厚27厘米；一为清代乾隆十六年（1751）被皇上"原品休致"后，回到故乡的杨二酉在其晚年有感唐碑字迹风侵雨蚀，漫漶不清，组织工匠仿制的"唐碑"，与原碑大小相仿。

　　贞观十九年（645），李世民率大军亲征高丽失利，从辽东前线返回长安途中，来到北都太原。这一年，他已经是50虚岁了。第二年春上，李世民游览了晋祠，并且让地方官员挑选上好的石料打制成碑，亲笔在碑石上撰写了《晋祠之铭并序》，让石匠照御书刻出。在序文中，李世民记叙了先皇李渊在太原起兵时，受到晋侯唐叔虞的"神助"，表明自己要报大德，才写此碑文，勒石永久，以"镌美德于无穷"。

　　李世民在晚年写出了当年其父顺天意、应民心，反抗隋暴政，于是起兵晋阳一统天下的伟业，却不敢写出他杀兄逼父，继承大统的玄武门之变。那是后世史家说不尽的话题，恐怕也是李世民心中永远的阴影。三年后，即贞观二十三年（649）七月，李世民带着他未尽的宏图大愿，在长安寝宫里离开了人间。他的御制唐碑"贞观宝翰"，成为历史上贞观盛世的见证，至今耸立在太原晋祠的那座唐碑亭中，任后人去评说。

诗人赵国增也来评说了，他如此歌赞：

> 碑文是太宗御笔撰写心血凝成
> 他自叙着"贞观之治"的辉煌业绩

是的，贞观之治是中国历史上辉煌的一笔，而先有晋阳，后有大唐，也是唐王朝由晋阳起家的历史结论。

当隋炀帝将李渊封为太原留守时，绝没有想到自己的这位姨表兄，会从晋阳杀向长安，成为一代大唐的开国皇帝。煌煌盛唐已成为一段历史了。当代人在晋祠欣赏那尊李世民的御制唐碑时，顺着历史的隧道，仿佛还能看见李渊带着儿子们由太原起兵时，在唐叔虞祠前敬奉的香火；还能听见他们期盼唐叔虞保佑，一举夺得天下的祈祷声。

隋大业十三年（617）的太原城内，李渊、李世民父子正在悄悄地掀开一个新王朝的序幕。李渊这一年刚刚过了50岁，这位在宦海中成长起来的政治家，6岁就承袭了祖父传下的唐公爵位，15岁时就做了隋文帝的贴身侍卫，由于他的母亲和隋炀帝的母亲是亲姐妹，隋炀帝即位后，身为皇帝的姨表兄，他的仕途更加顺畅。其时天下政局纷乱，以李密、翟让领导的瓦岗军、以杜伏威领导的江淮起义军、以窦建德领导的河北起义军，正不断冲击着隋王朝的统治，而处于风雨飘摇中的隋炀帝，却正南巡江都（今扬州），在江南的行宫中过着声色犬马的日子。李渊作为有所图谋的政治家，面对隋炀帝从皇室禁军中选派来牵制自己的太原副留守王威和高君雅，只能深藏起取隋而代天下的想法，以待时机。

　　天下皇帝轮流坐。这一年的年初，马邑（今朔州）人刘武周起兵造反，且自称天子。李渊抓住机会，遂以讨伐刘武周为名公开募兵。同时又密令在山西南部任职的长子李建成和小儿子李元吉，就地召集人马；安排刚刚18岁的次子李世民，在太原兴国寺内，暗暗囤积了一批勇士。据司马光在《资治通鉴》中记载，李世民曾劝父亲快快起兵夺得天下，并说："此天授之时也。"但李渊却先是吓唬李世民，说要将他送地方官处置，接着又这样告诫李世民："吾岂忍告汝，汝慎勿出口！"祸从口出，是历代政治家的经验，而先发制人，则是历代政治家的手段了。为了铲除隋炀帝安排在太原的亲信，李渊在晋阳宫中邀王威和高君雅前来议事，让早已带兵埋伏好的李世民，突然率众冲出，将王威、高君雅二人拿下，以反叛罪名将其处死。为了在起兵反隋后免去后顾之忧，李渊又派太原令刘文静出使突厥国，约定联合反隋，然后再平分天下。经过这一番运筹后，这一年的6月，李渊终于传檄各地，由太原发"义兵"直取长安，至10月，李渊和李世民父子与李建成、李元吉所率大军，就在长安城外会师了。李渊毕竟是政治家，面对天下纷争的局面，没有急于称帝，而是在11月攻入长安后，自任大都督、大丞相，而将隋炀帝的孙子，刚刚13岁的代王杨侑尊为隋恭帝，遥尊远在江都行宫享乐的隋炀帝为太上皇。这一招更能看出他作为政治家的手段，13岁的小孩子自然好控制，挟天子可令诸侯，新天子的爷爷已被指为太上皇，还有什么戏可唱呢？隋大业十四年（618）三月，隋炀帝在江都行宫被兵变的禁军杀死，隋朝灭亡。三个月后，李渊便在长安逼迫傀儡皇帝隋恭帝举行禅位大典，自己登上了皇帝宝座。

　　李渊从太原起兵时，曾专程前往晋祠的唐叔虞祠进香，祈祷这位晋国的开国之君，能庇护他们父子顺利夺得天下。登上皇位的李渊为纪念太原起兵，感谢唐叔虞在天之灵的庇佑，定国号为唐，定国都为长安，定太原为北都，改元武德，又大封太原起兵时的诸位谋士和将军，同时封长子李建成为太子、次子李世民为秦王、小儿子李元吉为齐王。由太原掀开了序幕的大唐王朝，从此正式出现在中国的历史上。

　　唐武德九年（626），也就是大唐的开国皇帝李渊登上皇帝宝座的第9个年头，在大唐的都城长安城内，发生了李世民杀兄逼父的玄武门之变。这是一次预谋完好的宫廷政变。在这次变故中，李世民的哥哥、太子李建成和李世民的弟弟、齐王李元吉，同时死在了李世民和其爱将尉迟敬德的刀剑之下。

　　打虎亲兄弟，上阵父子兵。李渊由太原起兵到平定天下，在开创大唐王朝的过程中，他的三个儿子都功不可没。特别是李建成和李世民，一直是各种军事行动中的左右统帅。但后人不再多说死者了，在《资治通鉴》中，司马光如此描写了李世民在太原起兵前的政治抱负："世民聪明勇决，识量过人，见隋室方乱，阴有安天下之志，倾身下士，散财结客，咸得其欢心。"李渊得天下后，受封秦王的李世民，自然还是难以实现"安天下之志"。当时在太子李建成身边，聚集着一群文臣武将，在秦王李世民的身边，也聚集着一群文臣武将。而齐王李元吉，则站到了大哥李建成一边，成为太子牵制秦王的力量。在大唐王朝创建后的9年中，以太子李建成和秦王李世民各自为首的两个政治、军事集团，已经形成了势如水火、无法调和的矛盾。玄武门之变，李世民为得天下而杀兄逼父，不过是这种矛盾的结局而已。

如果太子李建成继位，大唐的历史将如何书写，那只有天晓得了。

事实是，李世民以独步古今的作为，开创了贞观之治。特别是对原太子党中骨干人物魏征和王珪的重用，显示出一代君王博大的胸怀。魏征要做尧、舜时代如稷、契、皋陶那样的良臣，自己得美名、子孙得富贵、君主得大誉，绝不做商纣王诛杀的如龙逢、比干那样的忠臣。如此理想和行为，得到了李世民的赞同。魏征死后，李世民留下了千古传颂的感悟："以铜为镜，可以正衣冠；以古为镜，可以知兴替；以人为镜，可以明得失。"对人品正直的王珪，李世民赞美说："正主御邪臣，不能致理；正臣事邪主，也不能致理。唯君臣相遇，情同鱼水，方能使海内得安。"王珪能由谏官升至宰相，由此可见贞观时官场风气之正。

哦！碑文是有形而又无形的时代铜镜
既辉映着大唐文治武功的伟力
也耸立起中华不断复兴、超越的标杆……

诗人留下的省略号，确实让人沉思。

无字碑断思

——写给女皇武则天

一

无字写满字
有字不见字
伟大哲理的墓碑
吸引来四面八方的脚步
让后人沉思

二

碑，从大地中走来
是你娇艳的身姿
经跌宕起伏的风雨人生
又回归到大地的母腹

三

大地是碑的根基
苍穹是碑的宣示

你把功过是非留给了天地
让风雨去评说
任日月去记叙

四

碑，是用动人的故事写成的
所以，久久相传
正因为无字，才有着
写不尽，讲不完的故事

诗人断思无字碑

在我国几千年的封建社会中，武则天是独一无二的异数。

不妨先看看这位奇女子的生平。武则天（624~705）籍贯并州文水（唐代文水属并州），生于利州（今四川省广元市），是唐太宗李世民的才人，唐高宗李治的皇后，唐中宗李显、唐睿宗李旦之母。她协助高宗处理军国大事，佐持朝政30年。高宗去世后，武则天相继废掉两个儿子中宗和睿宗，亲登帝位，公元690年自称圣神皇帝，废唐祚于一旦，改国号为周，成为中国历史上空前绝后的唯一女皇。神龙元年（705）正月，武则天病笃，卧床不起，只有宠臣张易之和张昌宗侍侧。宰相张柬之与大臣敬晖、崔玄暐、桓彦范、袁恕己等率羽林军五百余人，冲入宫中，杀张易之、张昌宗，武则天被迫传位给太子李显，上尊号为则天大圣皇帝，恢复唐国号，百官、旗帜、服色、文字等皆复旧制，恢复神都为东都。同年十一月，武则天在上阳宫病死，年82岁。遗制去帝号，称则天大圣皇后。第二年五月，与高宗合葬乾陵，按其遗愿，留无字碑，至今耸立在其墓前。

五代后晋时期，负责编纂《旧唐书》的刘昫等人，不得不将武则天这位女皇编入《本纪》，但在史官的结束语中，却用尽了当时最恶毒的字眼，将武则天骂为"奸人妒妇""牝鸡司晨"；咒其"夺攘神器，秽亵皇居""穷妖白首，降鉴何如"。这正说明了当时正统的史官们，站在维护男权世界的立场上，对武则天的仇视与不容。到了宋代，欧阳修、宋祁等编写《新唐书》时，也不得不正视唐代的历史，将武则天这位女皇继续编入《本纪》，却不再以史官之名，用恶毒的语言对其进行侮辱和谩骂了，这不能不说是一种进步。而当代的历史学家们，面对武则天从参与朝政，到自称皇帝，再到病移上阳宫，前后执政近半个世纪的历史，则充分肯定了她上承贞观之治，下启开元盛世的历史功绩，一致认定，武则天在传统封建的男系社会中，能建立起一个女性为主宰的崭新帝国，无愧于我国封建时代一位杰出的女政治家。

在我国漫长的封建社会中，无论帝王将相、英雄豪杰，还是文人雅士、富商大贾，在入土为安后，都在享受着墓志铭中的褒奖之词。直至今天，死者家属为一篇悼词或讣告中的盖棺定论之语，与死者生前主管部门字斟句酌、争论不休的事，依旧时有发生。唯有一代女皇武则天，生前威加海内外，创建大周帝国彪炳史册，竟然命其后人，在自己死后，为自己立起一座无字的大碑，真是前无古人，后无来者。

于是，面对那座无字碑，不知有多少后人，产生了无尽的断思、断想。

诗人赵国增也是如此。他写给武则天的一首小诗，仅仅四节，却韵味悠长。

碑，从大地中走来
是你娇艳的身姿
经跌宕起伏的风雨人生
又回归到大地的母腹

以碑寓人，诗人用"娇艳的身姿"和"跌宕起伏的风雨人生"，写尽了一代女皇的传奇。

　　碑，是用动人的故事写成的
　　所以，久久相传
　　正因为无字，才有着
　　写不尽，讲不完的故事

　　是啊，武则天早已走入了各种形式的文艺作品，史学家们说不尽写不完她的历史，文学家和戏剧家们编不尽演不衰她的故事。武则天，这位中国封建社会杰出的女政治家，必将继续成为中国人久久相传的历史人物。

给唐槐公园的唐槐

太原唐槐公园又称狄公故里，是千年名相狄仁杰的故乡。

——题记

在院中狄母栽下小槐树
她把爱植根于沃土
浇灌、剪枝、施肥、除虫害
像辛勤的园丁培育、呵护

历经春风的抚养
历经盛夏的酷暑
历经金秋的收获
历经严冬的冰雪

小槐身怀着母亲的夙愿
长成了参天大树
天资聪颖的狄仁杰
走进了显赫的宰相狄府……

此时，我敬仰着盘根错节的唐槐
树躯粗壮两个人伸臂搂不住
虽然，有的树枝已枯干龟裂
正是风云变幻中留下的斑斑纹路

槐说，枯竭是失去水的滋养
只有根植沃土，情耕大地
和神探断案的故事
才是生命的阳光、春雨

此刻，我读着唐槐的千年沧桑
我读着唐槐流传的动人故事
读着唐槐一圈圈树轮写下的岁月
像在翻阅着一页一页闪光的史书……

远去的古城

YUANQUDEGUCHENG
YUANQUDEGUCHENG

武周名相狄仁杰

诗人赵国增在歌赞唐槐公园那株千年老槐时，写下了这样的
题记：

太原唐槐公园又称狄公故里，是千年名相狄仁杰的故乡。

相传，那株至今枝繁叶茂的老槐，是狄母当年亲手所植，是
与不是，无法考证，但狄村的老百姓相信此说，来此游访的客人
们，也相信此说。当一位历史人物扎根于民众的心底时，美好的
传说，便成了民间的历史。

狄仁杰是大唐名相。确切一些说，是武周名相。

一代女皇武则天也许正因为是个女人，为了牢牢地巩固至高无
上的皇权，才不断地撤换宰相。有历史学家考证，唐高祖用相12
人，唐太宗用相29人，唐高宗用相47人，而女皇用相竟多达75人。
十分频繁地任命、调动、贬降宰相，是武后临朝和登基后一种独
特的政治手段。狄仁杰能两度为相，且后来深得女皇信任，不是
靠投机钻营和阿谀奉迎，更不是靠裙带关系，而是靠杰出的政治
才能。一人之下，万人之上，奸佞遗臭，忠贤留芳，在中国漫长
的封建社会里，这就是宰相们的共同之处和不同结局。

唐武周天授二年（691），正担任洛州司马的狄仁杰被登基刚

刚一年的女皇召至长安京城，出任了为女皇总领朝政的宰相，这一年，他61岁。4个月后，这位当朝宰相就被酷吏来俊臣以谋反罪名投进了监狱。狄仁杰当时恐怕绝没有想到，大福和大祸，竟会相隔4个月而先后降临到自己头上。

狄仁杰祖籍太原狄村，祖父狄孝绪和父亲狄知逊在唐贞观以后先后为官，狄氏一族，可谓官宦世家。狄仁杰经科举入仕，在唐高宗时代曾出任刑部大理丞，以断案公正而受到朝野赞颂。唐高宗将狄仁杰提为侍御史后，狄仁杰更是直言上谏，不畏权贵，对那些专权误国的官员多次进行奏劾。唐高宗去世，武则天临朝时，曾将狄仁杰提为豫州刺史。唐武周垂拱四年（688），琅琊王李冲和越王李贞在豫州起兵，步四年前徐敬业和骆宾王后尘，以匡复唐室为名反对武则天。武则天派兵镇压了这次起义，将李姓六七百户、5000多人定为谋逆罪。狄仁杰据实调查，上奏武则天，说这些人原本不是要谋逆造反，为安定大局，请朝廷赦免这些人死罪。武则天认为狄仁杰此说是为了朝廷社稷，遂准了狄仁杰的奏章，将这些人流放到了丰州。这些人到丰州后，感念狄仁杰救命之恩，给狄仁杰立了德政碑。狄仁杰此举，惹恼了带兵镇压这次起义的朝廷重臣，致使其胜利回朝后上奏武则天，说狄仁杰高傲不逊。于是武则天便将狄仁杰调离豫州，最后降职为洛州司马。此番刚刚提为当朝宰相，就被来俊臣投入监狱，狄仁杰明白这班正受宠于女皇的酷吏们，是要对自己下毒手了。

在狱中，狄仁杰没有以死抗争，而是对以酷刑相逼的来俊臣说："大周取代了大唐，我是大唐的旧臣，你说我想谋反，我也愿承认有谋反之罪。"来俊臣没想到这位新任宰相还没等用刑就承认有罪，立即将狄仁杰收监，向女皇邀功去了。免受酷刑之苦的狄仁杰，抓紧机会，向一位善良的狱卒借来笔墨，撕下被子上一块布，写好冤状，又缝在自己的棉衣里，请这位狱卒将棉衣替他送给儿子。狄仁杰的儿子狄光远收到父亲从狱中送回的棉衣，拆开后取出父亲写就的冤状，立即奏请武则天替父亲辨冤。武则天先派人去狱中核实，经过调查后，发现来俊臣竟然给狄仁杰伪造了一份请皇上赐死的《谢罪表》，转呈给武则天。有所省悟的武则天亲自召见了狄仁杰，问他既然无谋反之事，为何要承认有谋反之罪。狄仁杰立即揭露了来俊臣等一班酷吏制造冤案的做法，说："我如果死在他们的酷刑之下，哪里还有机会向陛下讲明真情呢？"

这次与酷吏的抗争，狄仁杰虽然有幸生还，但他毕竟是唐高宗时代的重臣，刚刚登上皇位的武则天对他心存疑虑，还是将他贬到彭泽（今鄱阳湖一带）县，出任了一个小小的县令。

由当朝宰相一下子贬为一个偏远地区的县令，对仕途为官者，无疑是一个巨大的打击。这种政治上大起大落的命运，并没有让狄仁杰弃国家的前程和人民的疾苦于不顾，作为封建社会的一位知识分子官吏，他想到的还是国计民生。遇上好年景，彭泽地区的老百姓纳税后剩下的粮食，也不过勉强能支撑半年，若是遇上灾荒，老百姓就没有活路了。狄仁杰一边领导当地人民扩大耕地，拓展生计，一边给武则天上书，陈述当地百姓的困苦，请求朝廷减免租税。

唐武周通天元年（696），北方边境地区突发战事，契丹族大军攻陷冀州，河北一带官民为之恐慌。武则天下令，调狄仁杰为魏州（今河北魏县、大名县一带）刺史，安顿边民，平息战乱。狄仁杰星夜赶赴魏州，到任后一改前任做法，将紧闭的城门打开，让躲在城内，整天提心吊胆的老百姓，放心地去城外耕作放牧；同时，派人放出口风，说新任刺史自有破敌良策，只怕契丹大军不来，就盼他们来自投罗网了。这一招果然管用。契丹族首令久闻大唐名臣狄仁杰智多谋广，当即退兵，再不敢轻易南下了。

对狄仁杰不断地升降任用，既考验了狄仁杰，也考验了武则天。

唐武周神功元年（697），武则天再次召狄仁杰进京，将其二度任命为当朝宰相。这一年，狄仁杰67岁。狄仁杰的才干和对国家社稷的忠诚，已经让武则天视这位山西老乡为风范长者、辅国重臣了。

狄仁杰复相后的第二年，北方的东突厥进犯河北，武则天当即派兵征讨。狄仁杰受命率10万大军与进犯的东突厥兵展开激战，并将东突厥兵赶回大漠以北。河北一带虽然安定，但东突厥兵进犯时，不少当地百姓被迫卷入战争。战后，这些老百姓怕朝廷问罪，不敢回家，四处逃匿。狄仁杰以具体问题具体分析处理的原则，上奏武则天，指出这些老百姓"露宿草行，潜窜山泽，赦之则出，不赦则狂"。他建议朝廷对这些曾受东突厥驱使，一度卷入战争，曾与官兵为敌的老百姓，一律不予问罪，只要他们回家，就给他们发放粮食，让他们安心耕作度日。武则天按狄仁杰的建议发布了朝廷的命令，当地老百姓果然纷纷回家，战争胜利后，潜藏下来的不安定因素，一下子彻底得到了解决。

更为史家称道的，是狄仁杰在江山归属问题上，对武则天的直言劝奏。武则天登基后最大的心病，便是日后传位于武氏，还是归位于李氏的大事。朝中李氏与武氏的明争暗斗，也全是围绕着武周江山日后是归李，还是传武这个敏感的话题。狄仁杰向武则天挑明了这个话题。他委婉地说："姑妈与侄儿，亲娘与儿子，谁和谁最亲呢？如果皇位由儿子继承了，陛下百年之后，会被儿子送进皇家祖庙，千秋万代，可以享受后代奉祀。如果皇位由侄儿继承了，我可没听说过侄儿当了皇帝，能把姑妈的牌位送进皇家祖庙。"为了能打动武则天不立侄儿武承嗣或武三思为太子，狄仁杰又以帝王无家事，帝王家事关系到国家社稷大事，家事就是国事的道理，劝奏武则天。还举例说，匈奴犯边时，武三思出面募兵，一个月未得一千人，而由李氏庐陵王出面募兵，不到十天，即募得五万壮士。他用这种无可辩驳的事例，向武则天说明大周的百姓，其实并没有舍弃大唐王朝。这种将国事家事连在一起，又将武则天百年后的两种归属一语挑明的直谏，对武则天最后下决心，不立侄儿为太子，并且有了日后将天下归李的思想，无疑是一种巨大的促进。

狄仁杰晚年多次奏请女皇，想卸职回乡，但武则天执意不肯。女皇对臣子们说："非军国大事，勿以烦公。"唐武周久视元年（700）七月，一代名相狄仁杰以七十高龄谢世。武则天为失去这样一位辅弼重臣，流泪感叹道："从此朝堂空矣！"

狄村的老百姓世世代代喜欢、保护着唐槐公园里的那株老槐，因为他们把狄仁杰看作是关心社稷、关心民瘼的清官。中国的封建皇权制，造就了老百姓的清官情结，一株千年古槐，一旦罩在这种情结中，就有了说不尽的话题。

"打金枝"的遐想
——给郭子仪

你从《打金枝》的经典剧目中走来
广大百姓才认识了你
平"安史之乱"，稳唐室基业
战功显赫的将领郭子仪

舞台上，你寿诞日引发风波骤起——
儿媳升平公主不去拜寿
有失孝道之理
儿子郭暖驸马气打金枝玉叶
触犯了法理
于是，你押解儿子上殿
忠诚请罪施跪礼
感动得唐代宗将你扶起
劝女婿，说女儿，化解怨气
让国与家充满了阳光与生机

"打金枝"唱出了百姓的心声

久经不衰教化着道德真谛
它唱沸了山西的好风光
唱得中南海的怀仁堂欢声四起

皇上讲理，功臣讲理，
老百姓看得舒心惬意
讲道理，顺天意的社会风气越浓
和谐社会定会变得越来越繁荣美丽

久唱不衰《打金枝》

在晋剧的传统剧目中，传播最广，最为无数戏迷们称道的，《打金枝》可立榜首。

记得1974年夏，省文化厅搞"农业学大寨"戏剧调演，我编写的晋剧现代剧《山红》，被太原市文化局选中。当时太原的县区剧团中，北郊区的晋剧团可谓实力最强，市文化局遂将排演此剧的任务，交付给北郊区晋剧团。作为编剧，我随团待了几天。彩排成功，剧团要下乡试演，那阵子时髦吃派饭，我也被派到老乡家吃饭。那户老乡50来岁，与老伴两口人，儿子分家另过了。老乡家的饭，无非是早上玉米面糊糊里煮两块山药蛋，中午高粱面河捞，晚上又是玉米面糊糊，连山药蛋也没有了。那时农村没有文化生活，能看上县剧团来演戏，就是一种享受。我问老两口喜欢不喜欢看《山红》，他们说行。又问还喜欢看什么。他们回答："要能再演上一场《打金枝》，就让俺们过瘾了。"我问为啥，他们说："唐代宗讲理，郭子仪也讲理，他们是皇上和功臣，可也是一对亲家嘛，我儿子和媳妇吵架，我那亲家，总是偏向他闺女。"老两口说着说着，就扯到了他们的家事上。那时，《打金枝》还是禁演剧目，我无法作答，只能无言以对。我编的晋剧现代剧《山红》，后来在参加省里调演时，得了个优秀剧目奖，还在省城太原的和平剧场公演了几场，可毕竟如昙花一现，除了我，不知还有几人能记起这台戏来。而传统晋剧《打金枝》，"文化大革命"前就被一代晋剧大师丁果仙唱红，曾唱进了中南海，虽然在"文化大革命"中被批为"毒草"，可"文化大革命"后这台戏重现舞台，至今受到老百姓喜爱，真正是久唱不衰。

《打金枝》这台戏，说的是唐代宗将女儿升平公主许配汾阳王郭子仪六子郭暧为妻。时值汾阳王花甲寿辰，子、婿纷纷前往拜寿，唯独升平公主不往，郭暧在父亲寿辰时丢了面子，怒而回宫，打了公主。公主哭诉父母，逼求父皇治罪郭暧。唐代宗和郭子仪这一对君臣、亲家，矛盾在即。不料郭子仪绑子上殿请罪，唐代宗更是明事理、顾大局，一边让皇后出面批评教育女儿，一边朝堂上加封驸马郭暧。于是，君臣更相敬，亲家更互爱，郭暧和升平公主小夫妻，也消除前隙，和好如初。

老百姓的生活常态，就是过日子。过好日子，除了物质的需求，精神的需求就是相敬互爱，不吵不闹，和谐美满。戏剧的教化作用，在《打金枝》这出传统戏中，得到了很好的体现。

在《旧唐书》和《新唐书》中，都有郭子仪（697~781）和他几个儿子的列传。这位唐代中兴名将，出生在华州郑县（今陕西华县），两书均有记载，但其祖籍，以前有山西汾阳一说，直到2006年11月24日太原市委、市政府邀请中国谱牒研究会、中国家谱资料研究中心、山西省社科院和太原市社科院、山西大学等单位的国内顶级专家，在阳曲县召开了郭氏之源论证会，才确定了郭氏起源于阳曲的历史事实。时任市委常委、宣传部长的范世康，在总结发言中指出，阳曲县的郭氏文化，是研究中华姓氏文化、传承中华文明的重要内容，研究它也是太原市构建三晋文脉、特色文化名城的重要举措。

郭子仪祖籍太原阳曲，是太原这座历史文化名城的骄傲。因为，他是唐代著名的政治家和军事家。郭子仪为世家子弟，武举出身，其人仪表堂堂，身高七尺三寸（按照唐尺就是1.80米以上的身材），魁梧英俊，勇武不凡。他于唐玄宗开元时中武举，授左卫长史之职，历仕玄宗、肃宗、代宗、德宗四朝，凭军功封汾阳郡王，累官至太尉、中书令、兵部尚书。"安史之乱"时，郭子仪任朔方（今宁夏灵武西南）节度使，在河北打败史思明。后联合回纥收复洛阳、长安两京，功居平乱之首。唐代宗时，叛将仆固怀恩勾引吐蕃、回纥进犯关中地区，郭子仪正确地采取了结盟回纥、打击吐蕃的策略，保卫了国家的安宁。郭子仪戎马一生，屡建奇功，在举国上下享有崇高的威望和声誉。

然而，普通老百姓对郭子仪的了解，更多的却是来自于《打金枝》，正如诗人赵国增诗中所写：

你从《打金枝》的经典剧目中走来
广大百姓才认识了你
平"安史之乱"，稳唐室基业
战功显赫的将领郭子仪

如果以史料为据，诗人笔下会有写不尽的郭子仪素材，但诗人却从一出《打金枝》入笔，这首写给郭子仪的小诗，就有了巧劲，有了以小见大的意义。中华民族自古以来，就是一个最讲仁义敦爱，最讲家常伦理的民族。老百姓信奉有理走遍天下，无理寸步难行，他们从《打金枝》中看到，正是因为皇上讲理，功臣讲理，郭子仪才能如史官所言："权倾天下而朝不忌，功盖一代而主不疑。"赵国增在他的这首小诗中，正是抒发了老百姓认可的这个道理：

　　皇上讲理，功臣讲理，
　　老百姓看得舒心惬意
　　讲道理，顺天意的社会风气越浓
　　和谐社会定会变得越来越繁荣美丽

　　至此，诗人的思绪早离开了郭子仪，也离开了《打金枝》，他的心，已融入中国老百姓普通而朴实的感情中了。由一出晋剧落笔，到结尾站在草根立场上抒怀，全诗以小见大，达到了高潮。

更上一层楼
——写给唐代诗人王之涣

我虽然未曾见过
伟大诗人王之涣登楼远望
白日黄河
乘兴写下《登鹳雀楼》的千古绝唱

我却穿过历史的风雨
看诗人把诗魂融进楼宇
楼宇才有了生命的灿烂
诗人把诗魂落地生根在蒲州
大地才永存下对诗人的怀念
诗人把诗魂嵌入人类的史册永留
——登高方能望远
因而，鹳雀楼得以誉满天下
不朽的诗篇在海内外久远传流

尽管，砖瓦木石构建的楼宇
曾被战火毁灭在历史的云烟

尽管美丽的鹳雀颤抖着翅膀
在空中划下远去的迁徙泪线

然而，王之涣写下的历史文化符号
却永存世上
白天是阳光，夜晚是月亮
人类要登高，心灵求远望

所以，承载了历史文化八百年
"更上一层楼"成千古名句代代相传
既重显了鹳雀楼曾经的巍峨奇秀
又延伸出闪耀现代元素的壮美画卷

我沿着诗人的哲思登楼远眺
诗行为我搭起登天的梯栈
诗人高举用诗句燃起的火炬
把我登高的激情熊熊点燃……

名满天下鹳雀楼

　　山西永济黄河北岸，鹳雀楼名满天下，全是因为盛唐著名的诗人王之涣，登临此楼，留下了脍炙人口、流传千古的名作《登鹳雀楼》。因登楼而得名作，因名作而使楼扬名于世，这正是我国许多名山大川、宝刹胜地和文学作品相依相存的关系。

　　王之涣出身于太原王家，为当时望族。他的五世祖王隆之为后魏绛州刺史，可能因此而移家绛州。曾祖王信，隋朝请大夫、著作郎，入唐为安邑县令。祖王表，唐朝散大夫、文安县令。父王昱，鸿胪主簿、浚仪县令。从曾祖到父亲，虽然皆入仕途，但均为小官。王之涣排行第四，自幼聪颖好学，年龄还不到20岁，便能精研文章，未及壮，便已穷经典之奥。他少年时豪侠义气，放荡不羁，常击剑悲歌。到了中年，他一改前习，虚心求教，专心写诗，在十余年间，诗名大振，与王昌龄、高适等相唱和。后来，他曾一度做过冀州衡水县主簿，不久就被人诬陷。于是，王之涣拂衣去官，在家居住15年，晚年任文安县尉，在任上死去。靳能墓志铭记载，王之涣"本家晋阳，宦徙绛郡"，可见晋阳（今太原）为其原籍，家居绛州（今山西新绛县）。王之涣卒于天宝元年（742）二月，享年55岁，推之，可知其生于武后垂拱四年（688）。墓志铭中对王之涣的评价是"孝闻于家，义闻于友，慷慨有大略，倜傥有异才"，此语可谓对王之涣一生的完美概括。

一位有才华的诗人，注定是不会在宦海中随波逐流的，他一生只做过冀州衡水县主簿和文安县的县尉，不过是小小不言的小吏。即便如此，在其任上，却能以清白为同仁们认可，以办事公平受百姓们称道。他的诗虽只流传下6首，但这寥寥数首，却成为我国古典文学宝库的精华。清代乾隆皇帝御制诗作超过万首，宫廷印制，版本精美，可惜被后人称道者，并未一首。乾隆皇帝至今只是个著名皇帝，始终变不成著名诗人。可见，古今中外，没有一位著名作家和著名诗人，是靠位高权重而著名起来的。

唐人薛用弱在其《集异记》卷二中，记载了一段旗亭宴饮的故事。一天，王昌龄、王之涣、高适三位大诗人，到一家酒楼聚会饮酒，正巧当地的梨园伶官十数人，也到酒楼来边吃边交流技艺。三位诗人当时都有名气，可朋友间一直谁也不服谁，就赌看歌妓们唱谁的诗词多，谁就是胜利者。一开始，一位伶人唱起王昌龄的诗："寒雨连江夜入吴……"王昌龄在屏上画了一道，说："先唱了我的一首。"接着，另一位伶人唱起高适的诗："开箧泪沾衣，见君前日书。夜台何寂寞，犹是子云居……"高适也得意地说："轮到我的了。"下面又一位伶人唱起王昌龄的"奉帚平明金殿开……"王昌龄说："看，我的两首了。"三位诗友中，王之涣其实成名最早，影响最大，这时脸上就有些挂不住，他很自负，指着最漂亮的歌妓说："唱你们诗的都是业余水平，我打赌，这位最漂亮的一定唱我的诗。如果不是，我以后再不和你们争高下了；如果是，以后你们要拜我为师。"话声未落，就听那个最漂亮的歌妓开喉唱起来，唱的真是王之涣的诗"黄河远上白云间……"王之涣哈哈大笑，说："两位乡巴佬，怎么样啊？"三位诗友顿时笑成一团。伶官们看这三个人有意思，忙问："三位大哥，你们笑啥哩？"王之涣把打赌的事一说，伶官们急忙说："我们真是有眼不识神仙啊。能到我们席上共饮吗？给个面子，让我们结识一下你们三位名人吧。"三位便兴冲冲移桌过去与歌妓们共饮，最后大醉而归。

这个故事，起码给了我们三种信息。其一，唐代的诗是可以吟唱的，正因如此，那时的好诗，在社会上流传甚广，不似现在，写诗的比读诗的还多；其二，王之涣果真自负，不然，不会那般自信，那般以"乡巴佬"嘲讽诗友；其三，唐代不仅是李白好酒，恐怕诗人们个个都是酒仙。

白日依山尽，黄河入海流，
欲穷千里目，更上一层楼。

王之涣为我们留下了千年不朽的《登鹳雀楼》。

诗人把诗魂嵌入人类的史册永留
——登高方能望远！

当代诗人赵国增登上鹳雀楼时，如此赞美先贤，感叹人生。是的，登高方能望远。做人如此，为文也是如此。

边塞诗花别样艳
——写给边塞诗先驱王翰

且莫讲王翰性格狂荡洒脱的故事
个性中透射出独特的诗才与自信的锋芒

慧眼识动乱寒荒的边塞为开采诗的矿区
把夜光杯酒刀光剑影提炼成金子般诗行

飞沙走石，战马奔驰凝成铿锵诗句
他豪迈的诗情啊在硝烟中飞扬激荡

把诗的种子播在边塞荒凉的处女地
诗花在唐诗百花园中别样绽放

集结来诗人王之涣、王昌龄、王维……
泼墨挥毫，边塞晋诗异彩独亮

从此，诗情像涓涓的溪流浸入心田
滋润出边塞一道道美丽的画廊

蝴蝶、蜜蜂在花丛中尽情撒欢飞舞
万顷绿浪中闪现马悍、羊肥、牛壮

戍边将士恰似跤场雄狮
又如摔不倒的巍巍山冈

诗韵声声拨动着马头琴多情的银弦
奶茶、美酒、舞姿从月升迎接到太阳……

奇葩之冠说王翰

边塞诗，是唐代诗坛上的一枝奇葩。而王翰的边塞诗，堪称奇葩之冠。

> 葡萄美酒夜光杯，欲饮琵琶马上催。
>
> 醉卧沙场君莫笑，古来征战几人回？

这是唐代诗人王翰的《凉州词》，是他的精品力作，也是唐代边塞诗中的精品力作，脍炙人口，传诵至今。此诗第二句，一改七字句中惯用的音节，不是"四加三"，而是"二加五"，于是就出现了"琵琶马上催"这样的五字音节。此五字有二解：琵琶是胡人乐器，被汉人将士们夺来所用，骑于马上弹出声声琵琶自助酒兴，马上所催，是要将士们痛饮，此解，可解出汉家将士们那一腔旷达豪放之气；琵琶是胡人乐器，匈奴军队的马蹄声和他们助战乐师的琵琶声，正由远处阵阵传来，闻听来敌，催着汉家将士们出征迎敌了，此解，则可解出汉家将士悲壮牺牲之志。无论何解，此诗实在太好，凡吟诵者，无不心潮激荡。它抒发的，既是边塞将士的情怀，也是诗人自己的情怀。

当代诗人赵国增，将歌赞唐代诗人王翰的诗取名为"边塞诗花别样艳"，十分形象，也十分贴切。

王翰（687~726），字子羽，唐并州太原人。出身豪门巨富王氏旺族，少年时就聪颖过人，才智超群，举止豪放，不拘礼节。唐睿宗景云元年（710）中进士。时任并州刺史的张嘉贞，十分欣赏王翰的才能，召其常住府上，以礼相待。王翰则自做歌并与之舞，神气轩昂，气度不凡，并常与文人志士结交。张嘉贞调任京官后，张说接任并州长史。张说是诗坛上有成就的诗人，一批文人学士如张九龄、贺知章等，均与其交好。张说以王翰为门生，王翰也与这些诗坛大腕成为文友，形成了一个文人兼官僚的小沙龙。一次，王翰给文坛排了个座次，选了百余人，分成九等，然后将名单张榜公布，来看的人数以万计。结果是引得诗坛许多人"莫不切齿"。文人一般都自傲，诗人更有自恋的情结，你王翰即便才高八斗，小小年纪，有何资格给诗坛排名次呀？排不上名次的诗人们岂能不恨得咬牙？而王翰是"富二代"，很有钱，家里养了好几匹名马，还有十来个歌妓，整天喝大酒赌大钱，自命王侯，狂妄一时，全不管别人对他如何非议。

初唐至开元盛世，边境各少数民族对中原的侵犯始终未断，朝廷必须派军队前往御敌。军队里除了带兵打仗的武官，也需要一批文官随军掌管文牍事务，于是，大批的文人就有了去边塞参战的机会，唐代"边塞诗"的形成与发展也由此而始。

开元九年（721）张说入朝任兵部尚书，在张说引荐下，王翰入朝任职，先做九品秘书正字的小官，不久被提为七品的通事舍人。三年后，再升为五品驾部员外郎，王翰就是以驾部员外郎的身份前往西北前线的。"驾部"是专门负责往前线输送马匹与粮草等军需物资的部门，员外郎是个副职，基本也由文职人员担任。正是这次边塞之行，使王翰离开了安乐窝，实实在在地体会了一番边塞将士们的生活，写出了《凉州词》这样的传世之作。生活永远是创作的源泉，王翰这样的才子，一旦深入边塞，在草原和大漠上，与那些将士在一起饮酒、杀敌，灵感自然会涌上心头。读唐代的边塞诗，我们看不到一点顾影自怜，也看不到一点风花雪月，这和诗人们融入了边塞的血与火，感受到了将士的豪情和烽烟的壮观，不无关系。正是：

把诗的种子播在边塞荒凉的处女地
诗花在唐诗百花园中别样绽放

王翰是张说提拔的官，张说后来倒霉被罢了丞相，王翰也被贬为六品的汝州长史，被朝廷支到河南。没了后台，王翰不久再被贬成从六品的仙州别驾。王翰毕竟是诗人性情，官职越做越低，就天天吆五喝六地聚一帮文人墨客，不是尽兴打猎，就是狎妓唱堂会。当地知名的文士祖咏、杜华等人，一时全成了他的座上客。如此为官，难免受人非议，当局知晓，再贬王翰，把他从河南又支到湖南去做道州司马，结果未至道州任上，就病死于途中。

王翰仕途不得意，吃亏在他的豪放不羁的性格，而他的这种性格，却有助于他成为一个名诗人。他的诗，感情奔放，词句华丽，为人所爱。《凉州词》更成为历代传诵之作。新旧《唐书》载，王翰原有诗集十卷，可惜大都失传，仅《全唐诗》录其诗一卷，共14首。

这14朵诗花，却会一直盛开在中国诗坛上，永不凋谢。

小 草
——唱给唐代诗人白居易

正因为你关注平凡的小草
才成为唐代伟大的诗人
也因为大地是父母、社稷之根基
你的华章才不朽，世代才传诵

你以小草为荣
又以大地为公
阳光雨露从叶茎间潜入
青春英姿在疾风中舞动

你知道，小草一旦离开大地
就没有了旺盛的生命
你知晓，大地一旦失去了小草
江山就会纷纷瓦解土崩

所以，你笔端发出了小草的心声
又写出《长恨歌》《琵琶行》《卖炭翁》

你歌给野火中的小草
小草又绿茵一片笑迎春风

呵，你是我诗苑常青的小草
开拓着现实主义诗艺的大道
大地是喷涌诗句的源泉
小草为阳光诗篇把灵魂塑造

情系民生颂小草

　　如今天的北京有许多"北漂"一样，唐代的国际大都会长安，也有许多"长漂"。16岁的白居易初到长安时，拿今天的话说，应算是"长漂一族"了。他带着自己的诗稿，去老诗人顾况门下拜师，顾况瞅一眼这位年轻人，又瞅一眼他诗稿上的署名，幽默了一把："你姓白名居易，可长安米贵，居大不易呀！"啥意思？是说长安物价贵，想在这儿生活，大大的不容易啊。但是，当他读了白居易的诗后不禁拍案叫绝，特别是读到"离离原上草，一岁一枯荣，野火烧不尽，春风吹又生"等佳句时，又对这位小青年说："你有这样的才华，在长安久居，一定是很容易之事啊！"

　　白居易的祖上是太原白氏旺族，其祖父迁居陕西渭南下邽，曾在河南巩县当县令，和当时邻居新郑县令是好友，见新郑山清水秀，就举家搬迁到了新郑。唐代宗大历七年（772）正月二十日，白居易出生于新郑县。唐代不兴花钱买官，即便是既有钱又有才华的"长漂一族"，想入仕途，还得走科举之路。白居易在贞元十六年（800）29岁时中进士，当年的少年才子，从此正式走上了仕途。

　　白居易的官场生涯，从任秘书省校书郎开始，后升翰林学士，后又升任左拾遗。这时，他已经是皇帝身边的谏官了。这期间，他写了大量批判现实主义的讽喻诗，如《秦中吟》10首，《新乐府》50首，这些作品，招致朝中权贵的不满和愤恨。元和六年（812），白居易母亲病死在长安，按朝廷规定他回家守孝三年。守孝结束，唐宪宗安排他去做左赞善大夫，即陪伴太子读书。第二年六月，宰相武元衡和御史中丞裴度遭人暗杀，武元衡当场身亡，裴度重伤。当时掌权的宦官集团和旧官僚集团，竟对此事一拖再拖，不去处理，白居易便上书皇上，请皇上缉拿凶手，以肃纲纪。本是一腔热血要主持正义，却由此被人指责，说他是东宫官员，议论朝政便是僭越行为。结果，白居易被贬为江州司马，离开了朝堂。那一年，他44岁。

此时的白居易，在诗人赵国增的笔下，是这样的形象：

你以小草为荣
又以大地为公
阳光雨露从叶茎间潜入
青春英姿在疾风中舞动

元和十五年（821），唐宪宗暴死长安，唐穆宗继位。穆宗喜爱白居易的才华，把他召回了长安，先后做司门员外郎、主客郎中知制诰、中书舍人等。面对大臣间争权夺利、明争暗斗，穆宗又政治荒怠、不听劝谏的局面，白居易于是极力请求外放，穆宗长庆二年（822）出任杭州刺史，杭州任满后任苏州刺史。

在江州时，他组织百姓种树、开荒，努力改善民众的生活。"江州白司马"，一时被民间称道。

在杭州时，他兴修水利，带领百姓修建白堤，这条长堤，至今仍存。

在苏州时，他简化政事，平均赋税，抑制了富豪，让百姓得到实惠。他离任时，苏州的百姓含泪送别，依依不舍。同时代的诗人刘禹锡在描述这种场面时写道："苏州十万户，尽作婴儿啼。"

白居易关心民间疾苦，是在用良心尽一名地方官吏的职责。

此时的白居易，在诗人赵国增的笔下，是这样的形象：

你知道，小草一旦离开大地
就没有了旺盛的生命
你知晓，大地一旦失去了小草
江山就会纷纷瓦解土崩

晚年的白居易，被任命为太子少傅，回到长安。他不愿结党营私，依附朝中宦官集团和官僚集团，遂以病为由，请求调到东都洛阳，做太子宾客，以求得耳边安宁。唐武宗会昌六年（846），白居易卒于洛阳香山。

晚年的白居易，在洛阳的居处有池塘、竹竿、乔木、台榭、舟桥等。他爱好喝酒、吟诗、弹琴，常与酒徒、诗友、琴侣一起游乐。洛阳城内外的那些寺庙和山野风景，白居易都去漫游过。他的《长恨歌》《琵琶行》《卖炭翁》等名篇，在当时就名满天下，更在民间广为传诵。

白居易是一位现实主义的伟大诗人，他一生留下了3000多首诗篇，对我国的诗歌创作，产生了巨大的影响。唐人称杜甫为"诗圣"，称李白为"诗仙"，称白居易为"诗魔"。唐宣宗李忱曾有《吊白居易》诗：

> 缀玉联珠六十年，谁教冥路作诗仙？
> 浮云不系名居易，造化无为字乐天。
> 童子解吟长恨曲，胡儿能唱琵琶篇，
> 文章已满行人耳，一度思卿一怆然。

可见白居易之诗作在唐代的普及盛况。中国自唐代以后，历朝历代的现实主义诗人们，无不将白居易视作诗坛一面贴近百姓、关注民生的旗帜，直至今天。

> 呵，你是我诗苑常青的小草
> 开拓着现实主义诗艺的大道
> 大地是喷涌诗句的源泉
> 小草为阳光诗篇把灵魂塑造

这是赵国增对白居易的赞美，也是诗人现实主义的创作观和诗歌宣言。

我赞成这样的创作观和诗歌宣言。

独步诗苑

——写给唐代"诗佛"王维

夜深，人静，月中天
我品读着王维的诗篇

一阵阵清风徐徐扑面
我赏心悦目在世外桃源

盛唐诗家流派众多
诗佛王维独步诗苑

诗情犹如石上潺潺的清泉
流进空山、美酒、田原……

诗意恰似天地七彩的画笔
绘出明月、高楼、孤烟……

淡泊入诗诗中有画
宁静绘画画中有诗篇

诗裹祥云是佛心天空的印痕
画藏茱萸是情感大海的波澜

我吟诗醉于自然秀丽的风光
我赏画倾听声韵悠扬的琴弦

诗裹祥云印佛心

　　在唐代诗坛上，山水田园诗是一支重要的流派。这一流派是陶渊明、谢灵运的后继者，以擅长描绘山水田园、农舍风光而著称，通过描绘山野幽静的景色和民间风情，反映出一种宁静的心境或隐逸的思想。其领军诗人，当数王维、孟浩然两人，而王维，更因其诗充满禅意佛缘，而被后人尊称为"诗佛"。

　　王维（701~761），字摩诘，祖籍为太原治下的祁县。生前，人们就称他是"当代诗匠，又精禅理"（苑咸《酬王维序》）。他出生在一个虔诚的佛教徒家庭，根据王维写的《请施庄为寺表》云："臣亡母故博陵县君崔氏，师事大照禅师三十余岁。"《王右丞集笺注》卷二五，有一篇《大荐福寺大德道光禅师塔铭》，文中述及王维同当代名僧道光禅师的关系时说，"维十年座下"，可见王维确实与佛家因缘不浅。

　　唐开元九年（721）王维进士及第，开元二十二年（734）张九龄为中书令，王维被擢为右拾遗。其时作有《献始兴公》诗，称颂张九龄反对植党营私和滥施爵赏的政治主张，体现了他当时要求有所作为的心情。不料两年后张九龄被罢相，李林甫接任中书令，这是玄宗时期政治由较为清明到日趋黑暗的转折点。王维虽然对张九龄被贬，感到非常沮丧，但他并未就此退出官场，依旧希望为朝廷效力。开元二十五年（737），他曾奉使赴河西节度副大使崔希逸幕下，之后仕途还算顺利，官职逐渐升迁。安史之乱前，官至朝中给事中。正如诗人赵国增所吟，此时的王维，一方面对官场感到厌倦和担心，另一方面却又恋栈怀禄，在入世和出世的矛盾中浮沉。

> 诗裹祥云是佛心天空的印痕
> 画藏茱萸是情感大海的波澜

　　诗人毕竟是诗人，无论入世和出世，都充满了浪漫色彩。王维朝上是官员举止，回家即过起僧侣般的生活。据《旧唐书》记载，王维在京城做官时，在蓝田县的辋川山麓购置修葺了一所别墅，以修养身心。该别墅原为初唐诗人宋之问所有，那里有山有湖，有林子也有溪谷，还散布着若干馆舍，是一座很宽阔的去处。王维在这里与京城名僧多有交往，退朝回家后，不再穿华丽的衣服，或邀几位名僧一道，谈佛事，品香茗，研制养生药；或焚香独坐，默诵佛经。其妻亡，他也不再娶，俨然成了一位心入佛门的清静居士。

　　然而，心欲静而天下不宁。玄宗天宝十四年（755）爆发了安史之乱。在战乱中，王维被贼军捕获，毕竟是书生，想死而无一死的勇气，遂被迫当了伪官。战乱平息后，朝廷将王维交付有关衙门审讯。按理，投效叛军当斩，所幸王维在乱中曾写过思慕天子的诗，加上当时任刑部侍郎的弟弟恳请肃宗皇上以自己官职及家产，换其兄王维之性命，王维才得以免死，仅受罢官处分。再深的原因，怕是肃宗过去就喜爱王维的诗和画，对这位大才子，实在不忍将其处死，后来他又起用王维，便是证明。

然而，这番经历，一定在王维心中投下了巨大的阴影，他不能走出失节的自责，以往的政治抱负开始烟消云散了。王维早年有过积极的政治抱负，希望能做出一番大事业，后值政局变化，出任伪官，被朝廷问罪后罢官，顿然意志消沉，吃斋念佛，这些不足取。但其诗歌创作上的成就，是值得肯定的。王维无论是写边塞诗、山水诗，律诗还是绝句，都有佳篇传世。苏轼曾赞美王维的诗"味摩诘之诗，诗中有画，观摩诘之画，画中有诗"。可见王维不仅诗好，画在当时也达到了相当水平。在王维的诗中，我们可以读到名山大川的壮丽宏伟，也可以读出边疆关塞的壮阔荒凉，还可以品味小桥流水的恬静，倾听山间溪泉的喧哗，种种生动鲜活的艺术形象，虽着墨不多，却意境高远，诗情与画意，在字里行间，完全与大自然融合在一起了。他笔下的诗作，也在田园诗中达到了高峰。

　　于是，赵国增用现代诗句，如此赞颂王维：

　　诗情犹如石上潺潺的清泉
　　流进空山、美酒、田原……

　　诗意恰似天地七彩的画笔
　　绘出明月、高楼、孤烟……

　　人生难得完美。也许，王维作为一位诗人，从来就没有悟透佛性。他向佛而礼佛，生命中确有一颗"佛心"，但他的"佛心"，不过是人生中一种"天空的印痕"罢了。就在王维出狱罢官不久，肃宗又下旨让王维做了太子中允，命其教太子学习。之后，又将其升为太子中庶子、中书舍人。王维60岁那年，又被晋升为尚书右丞。诗佛王维，又回到了官场。可惜，一年后，唐肃宗乾元二年（761）七月，王维病死于任上。至此，王维算是了结尘缘，进入了清静无为的佛国，将自己的生命完全融入了大自然。从王维的人生和他的诗作中，我们再次品察到了政治与艺术，并不是一对孪生的兄妹。

远航，"米家书画船"
——写给北宋书法宗师米芾

此时，我坐在拍卖艺术品的殿堂
一幅远去而来的作品闪耀着灵光
当拍卖师的起拍价话音刚落
招牌起起落落报价后浪追逐前浪

这是书法宗师米芾的墨宝呵
珍贵的遗产是永不贬值的宝藏
悬笔，字字超逸入神如风樯阵马
泼墨，行行游龙跃渊似笔底三江①

诚然，电脑在地球村放纵着鼠标
中华书法却将汉字书写推向世界时尚
孔子学院里各种肤色的手握紧毛笔
灿烂的笑容在笔端交融和流淌

看呵，"米家书画船"像不沉的航母②
正高歌远航在无际的蓝色海疆

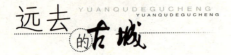

笔是风浪摧不倒的桅杆

书法艺术是扬起的风帆在大海远航……

① 米芾《望海楼》诗中有自述："三峡江声流笔底，六朝帆影落樽前。"

② 黄庭坚赋诗赞米芾："沧江尽夜虹贯月，定是米家书画船。"

笔如桅杆扬风帆

我不知道诗人赵国增有过怎样参加艺术品拍卖会的经历，但我却知道他喜欢米芾的书法作品。米芾的书法，险中带奇，奇中含险，险峻奇崛，风格独特，在中国的书法名人榜上，他与苏轼、黄庭坚、蔡襄并称"宋代四大家"。米芾传世的作品，如能在拍卖会上出现，必定价值连城。赵国增写给这位北宋书法宗师的诗歌中，便是以一场拍卖会展开：

> 此时，我坐在拍卖艺术品的殿堂
> 一幅远去而来的作品闪耀着灵光
> 当拍卖师的起拍价话音刚落
> 招牌起起落落报价后浪追逐前浪

古今中外凡艺术大家，都有与常人不同之处，米芾也不例外。

米芾（1051~1107），初名黻，字元章，号襄阳居士、海岳山人、家居道士等。祖籍太原，后迁居湖北襄阳（今襄樊），又长期居住润州（今江苏镇江）。后人为其作传如此描述他："冠服效唐人，风神萧散，音吐清畅，所至人聚视之。而好洁成癖，至不与人同巾器。所为谲异，时有可传笑者。"米芾虽然出身官宦世家，但他这种鹤立鸡群，卓尔不凡，绝不随波逐流的个性，注定了他不是做官的材料，也许，正是这种个性，才使他在仕途上没有大的作为，却成为一代书法宗师。

关于米芾癫狂的个性和怪诞的举止，有很多传说。一次，宋徽宗让米芾以两韵诗草书御屏，实际上也想见识一下米芾的书法。宋徽宗做皇帝不称职，却偏爱书画艺术，创造的"瘦金体"也很有名气。米芾笔走龙蛇，从上而下其直如线，宋徽宗看后觉得果然名不虚传，大加赞赏。米芾看到皇上高兴，随即将皇上案上的砚台装入怀中，并告皇帝："此砚臣已用过，皇上不能再用，请您就赐予我吧。"徽宗看他如此喜爱此砚，竟不顾怀中墨汁飞溅染了衣服，不觉大笑，将砚赐之。米芾爱砚，不仅是为了赏砚，而是加以研究，对各种砚台的产地、色泽、细润、工艺都有见地，还作《砚史》一书，为后人研究砚的发展，留下了宝贵的资料。

米芾拜石的故事，更是广为流传。米芾一生非常喜欢把玩异石，有时到了痴迷的地步。他在安徽无为县做官时，听说濡须河边有一块奇形怪石。当时人们出于迷信，以为神仙之石，不敢妄加擅动，怕招来不测。而米芾立刻派人将其搬进自己的寓所，摆好供桌，上好供品，向怪石下拜，念念有词：我想见到石兄已经20年了，相见恨晚。此事日后被传了出去，由于有失官方体面，米芾被人弹劾而罢了官。但米芾一向并不很看重官阶，因此也不怎么感到后悔，后来就作了《拜石图》。作此图的意图，也许就是为了向世人展示一种内心的不满。明代学者李东阳在《怀麓堂集》中有诗歌赞米芾：

南州怪石不为奇，士有好奇心欲醉。

平生两膝不着地，石业受之无愧色。

后人对米芾的理解，便是他玩石之时，显示了傲岸不屈的刚直个性，大有李白"安能摧眉折腰事权贵，使我不得开心颜"的情怀。今天，玩石已成为文人雅士的一种流行，其先河便是由米芾开创的。

米芾的书画水平很高，尤其临摹功夫很深。有一次，一个书画商人拿着一幅唐人的真迹，扣开了米芾的大门，有意要卖给米芾。米芾说，价钱有点高，你先放这里，五天后你再来，我若要，你把钱拿走；我若不要，你把画拿走。米芾说完，商人走了。到了第五天，商人来了。米芾说，画我看了，不错，价钱太高，你又不让价，就请你把画拿走吧。说着把画打开，并说，你看好，是不是这张画。商人客气地答道，没错，是它。商人把画拿走了。第二天，商人拿着画又来了，一见面米芾就笑着说，我知道你今天准来，有朋友请我，我都没去，在这儿等你。商人心里马上明白了，说，是我眼拙，把您的临本拿走了，今天特来奉还。米芾大笑道，你不来找我，我也一定会去找你，你拿走了临本，我心里特别高兴，有一种说不出的愉快，好了，原本你拿走，临本还给我。商人取起原本真迹，将临本还给米芾。米芾临摹功夫之深，可见能以假乱真。

赵国增在诗中写米芾，没有用这些故事，却用了两个典故：一是借用米芾的诗《望海楼》中那句"三峡江声流笔底"之意，写他的书法"行行游龙跃渊似笔底三江"；一是借用黄庭坚赞美米芾的诗句"定是米家书画船"之形象,歌颂"'米家书画船'像不沉的航母"。歌赞米芾,如果从他癫狂的个性和怪诞的举止落笔,诗人的笔锋则只会落入一个人的身上。而由米芾的书法为由,诗人要歌颂的,却是中华书法这种传统的瑰宝。请看,诗人赵国增的笔下开始了浪漫的延伸:

诚然,电脑在地球村放纵着鼠标
中华书法却将汉字书写推向世界时尚
孔子学院里各种肤色的手握紧毛笔
灿烂的笑容在笔端交融和流淌

正是在这种意境的延伸中,赵国增所描述的"风浪摧不倒的桅杆",就不仅仅是米芾手中的那支笔了,而是将中华民族形象地比喻成了一支书法大笔。也正是这支扬起风帆的大笔,书写着当代中华民族继往开来的历史。也正是这种意境,将全诗推向了高潮。

夜 读
——写给宋代军事家、名将杨业

　　杨业（？~986），名继业。原北汉将领，被称为"无敌将军"。太平兴国四年（979），宋灭北汉，杨业归宋，镇守边关，屡建战功。

——题记

他是谙熟兵法的将军
沙场怎么能不识诡谲风云

他是骁勇无敌的战将
困境怎么会自行绝食毙命

我从小说、戏剧、演义中走出
到史料中探讨酿成悲剧的起因

灯光穿越字里行间
夜风吹拂斑白双鬓

归大宋，思黎民，他心向光明
宋太宗喜得良将又猜疑暗生

保大宋，立战功，他赤心烈胆
却走不出愚昧忠君的迷雾阴影

所以，一道明旨在他心中
就是忠君保国、挥戈出征的军令

而另一道密旨早断绝了粮草援兵
致使杨老令公洒尽碧血，壮烈殒命

潘美再不是我心中悲剧的导演
史料已为其昭雪了冤情

当我还在史料中研讨着
一缕晨光透过了窗棂……

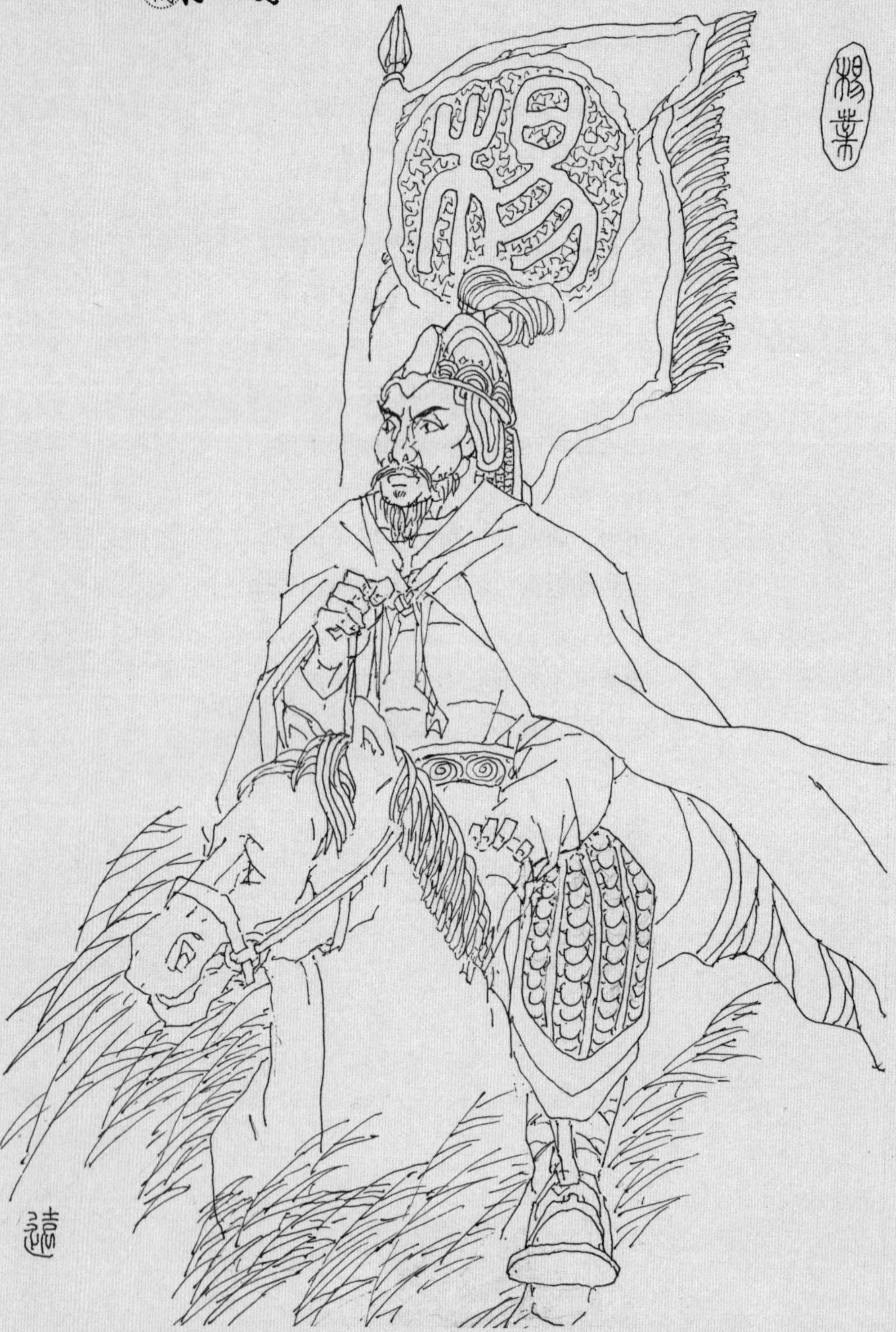

千年传唱杨家将

　　巍峨的雁门关，辽阔的金沙滩，还有雁门关内那个充满美丽传说的代县鹿蹄涧村，以及这个村里那座至今香火绵延，供奉着杨家几代英烈的杨家祠堂，无不在向游人诉说着杨家将的忠烈故事。

　　杨家将的故事，应该从杨老令公杨业说起。杨业的父亲，是五代时任后汉麟州刺史的火山王杨信。北汉刘崇（称帝后改名刘旻）在晋阳称帝后，杨信将其子杨业送往晋阳，做了刘崇之子刘钧的养子，更名为刘继业。他屡立战功，成为北汉名将，人称"无敌"。赵匡胤建立宋王朝后，亲征晋阳，杨业负责把守汾河桥，折损千余人后退保晋阳城，又率精兵数百袭击宋营，宋军败走。开宝九年（976），宋军又围晋阳，杨业等人拼死守卫，晋阳城仍未被攻下。到了太平兴国四年（979），登上皇位的宋太宗赵光义遵其兄大志，御驾亲征晋阳城。此时的北汉政权，已由刘钧之子刘继元继位，面对宋军兵临城下，他出城受降。宋太宗久闻杨业忠勇，命刘继元出面劝降，杨业遂归降了宋朝。宋太宗当即给予嘉赏，任命杨业为右领军卫大将军、郑州防御使，并恢复杨姓，单名业。杨业不负众望，当年就在今繁峙、代县一带修筑了阳武寨、崞寨、西径寨、茹越寨、胡谷寨、大石寨6个兵寨。从此，杨家父子三代，在雁门关下谱写了血与火的忠义和悲壮。

　　太原市社科院的老院长杨光亮，是北宋名将杨老令公的后裔，也是研究杨家将的专家。他说过这样一段话："有关杨家将的历史记载不多，但传说故事非常丰富。人说杨家将的故事三分真实，七分虚构，也是不无道理的。但是，这些故事的起源几乎同杨家将历史同步产生。小说、戏剧等作为文艺作品，虚构演绎中反映了人民群众的喜爱和憎恨，同时也说明了人民群众对于当时官方编修的历史是不满意的。"民众有对历史的感受，而文学的形象和真实的历史交融在一起，从而影响大众，形成大众对历史的认知和解读，杨家将的故事千年传唱至今，便是一个典型。在官方的《宋史》中，有杨业、其子杨延昭和其孙杨文广的列传，但在民众心中，杨家将的历史更加传奇，更加富有忠奸之争。杨老令公战死了，那是因为朝中奸臣误国。他的儿子杨延昭和孙子杨文广，一代又一代忠勇报国，其志不改，还有杨延昭的兄弟七狼八虎们，个个都有故事。杨家的男人们战死了，老令公的妻子佘太君、孙儿媳穆桂英，还有其他战死沙场的儿子们留下的寡妇们，一样可以领君命，齐披挂，一道上阵杀敌。即便是杨家的烧火丫头杨排风，也能成为沙场上的英雄。至于朝中奸臣和几近昏聩的皇上，在民众的心中，正好对比出了杨家将的几代忠勇和悲壮。

　　但是，面对历史，无论是正史，还是种种野史，以及文学艺术中的历史，我们应该去探讨更深层次的文化内涵和历史成因。所以，当赵国增面对杨家将的种种历史时，他要去历史深处探讨：

　　我从小说、戏剧、演义中走出

　　到史料中探讨酿成悲剧的起因

灯光穿越字里行间
夜风吹拂斑白双鬓

当人生的阅历可以让人洞察历史和现实时，斑白的双鬓就成了一种财富。于是，诗人为一千多年前的杨老令公写下了这样的诗句：

归大宋，思黎民，他心向光明
宋太宗喜得良将又猜疑暗生

保大宋，立战功，他赤心烈胆
却走不出愚昧忠君的迷雾阴影

"愚昧忠君的迷雾阴影"是一种封建文化，而这种文化，在我国有着悠久的历史。大清王朝的最后一位皇帝溥仪逊位，结束了帝制，但封建文化并未随之而结束，如何遏制和设法消除"迷雾阴影"，是中华民族的历史重任。

绘画，神奇的世界
——写给北宋山水画家、太原人王诜

将门之后

偏爱丹青

深情缓缓铺开宣纸

没有一粒尘埃

没有一滴污痕

没有一点噪音

这是多么幽静的地方

你走进雪白素洁的世界

忘情作画

不思红尘

心，生发出自由飞舞的双翼

不再浮云般躁动

不再看别人的眼色挥笔运斤

不再受外界的摆布

独立行走，天马行空

泼洒豪情，在山河间融进

笔端调动日月光辉，烟江叠嶂
笔端流出大河奔流，小溪欢吟
信手拈来了——
绿树、秋风、鸟鸣、花香
宣纸上凝固出山水的声韵
宣纸上飞动着宇宙的风云

以画会友，苏东坡来了
赏画赋诗，诗入画屏
山水间泛起七彩祥云
染成诗与画同乐的艺术仙境
让我神驰悦目赏心
我感谢王诜，留下
创造了属于自己的也属于
人类文化世界的神奇产品

将门之后爱丹青

诗人，总有高度的概括能力。在写给北宋山水画家、太原人王诜的诗中，赵国增的起首两句诗，用八个字浓缩了王诜的一生：

将门之后

偏爱丹青

总结王诜的一生，难道不正是这样吗？

王诜，字晋卿，生于宋景祐四年（1037），卒年不详。他的五世祖王全斌乃大宋朝的开国勋臣，在宋初统一全国的战争中，深受宋太祖赵匡胤信任，平灭割据川西之后蜀，名扬国中。其祖父王恺，一生行武，统领皇家侍卫军，也是朝中名将。作为将门之后，王诜的父亲自然也希望王诜传承家风，能自小习武，日后成为安邦护国的一员武将。然而，王诜从小却不喜欢舞刀弄棒，更对研读兵书提不起半点兴趣，他的爱好，全在写文章和画山水画中。毕竟是官宦人家，王诜年轻时，就和朝中许多诗文大家有了来往，他的文章和画作，在当时就受到许多大家的赞赏。王诜将自己的书房和画室取名为"宝绘堂"，名人雅士常将这里作为聚会之所，琴棋书画，品茶论艺，其乐融融。就连当时号称"词章豪伟峻整"的翰林学士郑獬，见到他的文章时，也赞叹不止：

"子所为文，落笔为齐语，异日必有成耳。"著名诗人、书法大家黄山谷，看到王诜的画和文章后，也不由得连声称赞，认为他的画"缥缈风尘之外"，文章字字句句"清丽幽远"，认定王诜"后生可畏者乎"！就连那位名冠当时，"官居京师十年，不游权贵之门"的著名画家李公麟，也常来宝绘堂做座上客。宝绘堂中，真可谓文坛、画坛、书坛，名家云集，高手毕至。这对于王诜的成长和成功，无疑有着极大的促进和帮助。对苏轼（字东坡）和苏辙（字子由）弟兄二人，王诜更是视其为文坛兄弟，相交甚好。苏轼的一些诗集，便是由王诜一手经办，刊行于世。王诜还有一个尊贵的身份，那就是驸马爷。他被宋英宗的女儿蜀国公主招为驸马，到宋神宗即位后，这位前朝的驸马爷，就成了当朝皇上的亲妹夫。想想吧，将门之后，又有这种身份，那是何等的荣耀！

然而，天有不测风云，人有旦夕祸福。宋神宗元丰二年（1079）发生的"乌台诗案"，一下子将王诜牵连进去，这位原本不太关心朝政，成天醉心于笔墨文章、丹青山水的文化人，一下子成了"政治犯"。

不得不多说几句。所谓"乌台诗案"，是宋神宗时的一桩文字狱。

乌台指的是御史台衙门，御史台类似现在的检察院，专门替皇上侦察和起诉官吏。因汉代时，御史台外柏树上有很多乌鸦，所以人称御史台为乌台，也戏指御史们都是乌鸦嘴。神宗年间，宰相王安石要搞变法，遭到一帮官员反对。其中有的官员，如苏轼，更多的是对朝政弊端有看法，对王安石的新政也有看法。他们想忠君报国而无力扭转局面，就发牢骚。口头说说不算，还要写成诗文，这就成了反对皇上和反对新政。宋神宗一不高兴，就要施展皇权，御史台就将苏轼抓捕归案，投入了大狱。王诜是驸马爷，消息灵通，为朋友讲义气，听说御史台要去抓苏轼，一时找不到苏轼，就派人去先找见其弟苏辙，再由苏辙去通风报信。结果很悲惨，苏辙的消息还没到，御史台的人已经把苏轼抓走了。这事原本也是王诜的秘密行为，并不为御史台知晓，但在查抄的苏轼诗文中，却发现了王诜和苏轼的诗文唱和。不但有王诜，还有司马光、范镇、张方平、苏辙、黄庭坚等29位朝中大臣和社会名流，于是这些人统统遭到抓捕，立案审查。后又查出王诜泄露朝廷机密给苏轼，而且与苏轼文字交往过多，调查时还不及时交出苏轼的诗文，被神宗下旨削除一切官爵，贬为罪民，谪放均州，羁绊管制。直至6年之后神宗殡天，哲宗继位，新法尽去，王诜才恢复自由，以致连卒于何年，也成为千古悬案。

王诜的绘画创作，涉猎很广，花鸟、人物、山水，无一不有，而最精深者则在于山水之间。我们读着赵国增的诗句，仿佛走进了王诜回归自然的心态，看到了王诜挥毫作画的身影：

笔端调动日月光辉，烟江叠嶂
笔端流出大河奔流，小溪欢吟
信手拈来了——
绿树、秋风、鸟鸣、花香
宣纸上凝固出山水的声韵
宣纸上飞动着宇宙的风云

王诜一生作画颇丰，仅宋徽宗宫内收藏的珍品就达35件之多，其他知道画名的还有30多件，但大部分都已失传。目前，尚存于故宫的还有《渔村小雪图》《烟江叠嶂图》《溪山秋霁图》《梦游瀛山图》，以及流入日本的《柳溪渔隐图》五帧，可谓价值连城的绘画瑰宝。

千里扶柩归故里
——写给元代杂剧作家乔吉

南方，有父亲创业的商铺
北方，是父亲生长的祖籍
父亲像飘零的叶子要归根
灵魂企盼回到太原的故里

再无心幽谷香草度曲
再无意醉酒桃李填词
惜别剧社的朋友和粉丝
泪淌琼花西湖的涟漪

于是，变卖了家产田地
同妻子一道唱一出新戏
人生舞台上的才男佳女①
将"百善孝为先"真实演绎

情，穿越山路的崎岖
心，飞渡江河的湍急

乔吉，千里扶柩故土葬父
在太原洒就中华美德的诗意

莫道歌台舞榭上只是演戏
勾栏瓦舍外做人表里如一
而今，在乔吉的故乡龙城晋阳
德艺双馨的文艺家们歌声正响遏虹霓

① 乔吉妻子吴贞儿是唱红江南的坤角。

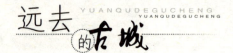

乔吉有知当欣慰

说到元代戏剧家，不能不提到乔吉。

当年的乔吉，只是个会写戏、能谱曲，将各种散曲文章写得花团锦簇的民间知识分子。关于他的生平，官方史籍无详细记载，应当感谢元代戏曲史家钟嗣成留下的那部《录鬼簿》。这部戏曲专著，记录了元代戏曲作家生平事迹及其作品目录，著录作家152人，作品名目达400余种，书中最早对元杂剧创作进行了时间分期，实际上是从整体上对元杂剧的发展演变，作了一次系统的实录和总结。《录鬼簿》为每个作家写有小传和吊词，对作家故里籍贯、生平事略、著述分类作了简要介绍和评价，它为研究元代戏曲提供了珍贵的第一手资料，也是我国历史上第一部专门为戏剧作家树碑立传的戏曲史著作。后人也正是从这部作品中，了解到乔吉又名乔吉甫，字梦符，号笙鹤翁，别号惺惺道人；元代太原路阳曲人；生于元世祖至元十七年（1280），卒于至正五年（1345）；流寓杭州，一生穷愁潦倒，寄情诗曲水酒，过着"尖风薄雪，残杯冷炙，掩青灯竹篱茅舍"，"世情别，故交绝，牀头金尽谁行借？今日又逢冬至节，酒何处赊？梅何处折"的清贫困顿生活。这样一位有才华的民间知识分子，"美容仪，能辞章，以威严自饬，人敬畏之。居杭州太乙宫前。有《梧叶儿》《题西湖》百篇，名公为之序。……江湖四十年，欲刊所作，竟无成事者"。

乔吉，分明是一位悲剧人物。他相貌俊美，长于词曲，为人清高认真，虽落魄江湖艺林，却使人敬而远之。他一生贫寒，无法回到原籍太原，只好流落于杭州，聊居道观太乙宫附近。冬至节到了，他想喝杯浊酒，却无处可赊。虽然他的散曲作品很多，并请了当时有名望的人为之作序嘉许。然而，行走江湖40多年，惨淡经营，总想着把这些作品刊印成册，流行于世，却无人资助，终未能如愿。悲夫。至正五年，乔吉65岁时，油尽灯熄，客死他乡。

乔吉存世的杂剧有三部：《扬州梦》《两世姻缘》和《金钱记》，均以才子佳人的爱情婚姻为题材。《扬州梦》写唐代诗人杜牧与歌妓张好好的风流韵事，文人才子的浪漫爱情，浮华如梦；对扬州景物及都市繁华的描写，艳丽华美，令人神往。《两世姻缘》写书生韦皋和洛阳名妓韩玉箫的爱情波折，曲词均写得真切感人。《金钱记》写唐代诗人韩翃与长安府尹之女柳眉儿的恋爱故事，文辞华美工丽。三部作品，均写才子遇佳人，后两部结局雷同，都是经过一定波折，由皇帝"敕命成亲"。

根据前人留下的史料，还原历史，构思人物，结构故事，历来是戏剧家和小说家们的本事。作为一名剧作家，乔吉将笔触探寻到唐代，诗人杜牧、韩翃变成了他笔下的人物，成为另一种历史，以戏剧人物的形象流传下来。乔吉生前一定无法想到，他的悲剧人生中，也有可以让后人演绎和慰藉的故事，那就是他与江南名伶吴贞儿从相识相爱，到结为夫妻的恩爱传奇。还有，就是这对夫妻完成父亲落叶归根的愿望，千里扶柩，送父亲魂归太原，完成大善大孝的感人故事。当这种文化的传承，落到当代诗人赵国增笔下时，他为乔吉这位元代的太原才子所感动，灵感飘然而至，激情地写下了"千里扶柩归故里"这个命题：

于是，变卖了家产田地
同妻子一道唱一出新戏
人生舞台上的才男佳女
将"百善孝为先"真实演绎

情，穿越山路的崎岖
心，飞渡江河的湍急
乔吉，千里扶柩故土葬父
在太原洒就中华美德的诗意

莫道歌台舞榭上只是演戏
勾栏瓦舍外做人表里如一
而今，在乔吉的故乡龙城晋阳
德艺双馨的文艺家们歌声正响遏虹霓

　　我知道，这是诗人的有感而发。德艺双馨，是社会对文艺工作者的期盼，也是民众的呼唤。做人表里如一，百善孝为先，是一种中华美德。诗人通过讴歌乔吉，倡导着这种中华的美德，弘扬着德艺双馨的精神。乔吉，这位生于太原、长于南国的戏剧家，曾以戏剧的形式，书写着前代人的故事，后代人赵国增，也以诗歌的形式书写着他的故事。客死他乡的乔吉，如果地下有知，也应该欣慰了。

礼赞，银杏
——歌给明代兵部尚书王琼

王琼（1459~1532），字德华，太原人。明嘉靖朝任兵部尚书。故居晋溪园在悬瓮山下的晋水一侧，今已不存。相传王琼在晋溪园内遍植银杏。

——题记

啊！至美的晋溪园哪里去了
是毁于天灾，还是人祸
我在悬瓮山下寻觅历史
一片绿色隐入了记忆的深处

那是两株茂盛的银杏啊
秋风中累累果实凌空轻舞闪烁
一株是雄树
一株是雌树
像一对结缘数百年的情侣
让我生发礼赞，令我久久敬慕

我听到了，枝叶婆娑声声
向我娓娓把王琼的故事讲诉
遭谗言，他是怎样的胸怀忍辱负重
镇边关，他是何等的韬略辉煌卓著

经过寒冬的飞雪
四月，开出的花千朵万朵
经过夏日的酷暑
十月，奉献出橙黄的满树硕果
在冬春夏秋中变化的银杏
多像他跌宕起伏的仕途……

啊，至美的晋溪园并未消失
千年的银杏早长成参天大树
累累果实蕴含了国运昌盛的梦想
根深叶茂绵延着热爱故土的情愫

131

雌雄银杏话沧桑

晋祠有晋溪书院，书院后墙外水渠上，有雌雄两株银杏树。树围三人难以合抱，两树相距丈余，树冠相连，交织成一片难分彼此的华盖，树根暴出地面，可以想见两株树的树根，在地下是如何交错，相携相联了。

　　那是两株茂盛的银杏啊
　　秋风中累累果实凌空轻舞闪烁
　　一株是雄树
　　一株是雌树
　　像一对结缘数百年的情侣
　　让我生发礼赞，令我久久敬慕

赵国增的《礼赞银杏》，是写给明代兵部尚书王琼的一首诗。

王琼（1459~1532），字德华，号晋溪，明朝太原县（今晋源区）人，太原王氏后裔。成化二十四年（1484），王琼中二甲第二名进士。入仕后历成化、弘治、正德、嘉靖四朝，是明朝中叶著名的政治家、军事家，曾任户部、兵部、吏部三部尚书。他一生居官50多年，在治理漕河、平定宸濠叛乱和总制西北三件大事上，留名青史。

正德元年（1506），王琼为右副都御史，负责全国漕运。他对漕运计划、卸载地点以及各项事务了如指掌，管理得井然有序。7年后，王琼担任户部尚书，对各地粮仓库存出入情况一清二楚，遇有请拨粮草军饷时，无须查看账簿，屈指计算即可知短缺多少。正德十年（1515），王琼出任兵部尚书，看到边境驻军各领一方、互不支援、军令不畅等弊端，就上奏朝廷进行整顿。又见各地将领论功晋级，全以杀农民起义军和百姓的人头多少为凭，就上奏朝廷，指出这是秦王实行过的暴政，如果是边防军如此杀敌犹可，但在内地的驻军妄杀平民百姓，只会导致社会更加动荡。由于他的建议，朝廷才废除了这种为各地驻军将领晋级的标准。

正德十四年（1519），明宗室朱宸濠反叛，朝中一片惊慌，王琼声称："请君勿忧，吾用王伯安（守）赣州，正为今日，贼旦夕擒耳。"原来王琼对宁王之乱早有预料，事先让王伯安（王阳明）在赣州提督军务防备叛军，后来果然不出王琼所料，叛乱很快就被平息。正德十五年（1520），王琼出任吏部尚书，内阁首辅杨廷和嫉贤妒能，不同意王琼入阁，二人由此结怨。次年正德皇帝死，王琼为立嗣事，率九卿在左顺门质问杨廷和，杨廷和迎立新君后指使他人诬陷王琼"交结内侍"，下狱定为死罪。经王琼力辩，方改为谪戍绥德，时间长达5年之久。

嘉靖七年（1528）二月，西北边事紧急，此时杨廷和已去职，嘉靖皇帝下诏，令王琼以兵部尚书兼右都御史，总督陕西三边军务，并御书"方岳重寄"匾赐王琼府第悬挂。此时，王琼已七十高龄，二月接旨，三月登程，驰骋边疆，征战4年后，迫使吐蕃降服，又平息甘南、峨山、西北等地。至嘉靖十年（1531），王琼奉旨回京任吏部尚书。次年七月，病死于京师住所，长子王朝立扶灵柩回籍，安葬于蒙山之下，晋源王家坟村由此得名。

王琼一生钻研经史，务求实用，考察世情，反对空谈，著有《漕河图志》《西番事迹》《北虏事迹》《双溪杂记》等书籍，后人又将其奏议编成《户部奏议》《晋溪奏议》《三边奏议》3本书。王琼曾在嘉靖年间于晋祠建晋溪园，园内遍植银杏树。晋溪园今已不存，原址上建成的晋溪书院，古色古香，幽静清雅。书院后的那两株银杏，植物学家确定其树龄都在500年之上。看来，它们为当年王琼手植的传说并不虚妄。赵国增以这两株银杏树为切入点，聆听它们诉说王琼的种种故事，让读者感受到了历史深处那一抹无边的绿色。

神 笔
——写给文学巨匠罗贯中

天赋之才的罗贯中呵
是名扬中外文坛的一支神笔
民间众多精彩的故事
是他笔尖奔涌流淌的墨汁

在这里，且不唱滚滚长江东逝水
浪花淘尽英雄……
只说他将一个飘零江湖的关羽
神气地塑造成忠肝义胆的武圣

丹凤眼——夜读春秋
美髯须——飘洒长空
青龙偃月刀——翻江倒海
胯下赤兔马——疆场神勇

我欣赏佳话传千古的
"千里走单骑""温酒斩华雄"……

也赞赏憾事流万代的
"大意失荆州""败走麦城"……

既把血肉之身升华成武圣
又把武圣回归到血肉之躯
神笔下关羽从巨著中跃出
被请进"地球村"的千家万户

呵，妙笔生花诞生了《三国演义》
像巨形钻石闪耀在中国文学的宝库
传统文化隧道中一束灿烂的阳光
照耀着文坛漫漫的征途……

137

天赋神笔写三国

纷纷世事无穷尽，
天数茫茫不可逃；
鼎足三分已成梦，
后人凭吊空牢骚。

　　黎明，当罗贯中屏气凝神，在灯下写罢上面这四句诗之后，《三国演义》的结尾古风长诗就算写完了。不，是他熬尽多年心血，不知磨坏几枝毛笔创作的长篇巨著，此时就算写完了。看着墨迹未干的最后一页稿纸，再看看书案上一摞摞写好的书稿，罗贯中突然掩面痛哭。他哭自己的命运，哭自己经年累月伏案笔耕的日子，哭罢继而仰天大笑，他笑天下英豪，竟无人如伯乐能识得骏马，使自己不得不一腔抱负，尽付东流。哭罢，笑罢，他感到太累了。这些年来，穷居乡野，引领着三国时代的无数英雄豪杰，在笔下驰骋，在纸上呐喊，一部巨著终于写成了，他在书中，也成就了自己的英雄梦，现在，太需要长睡一觉了，任他东方既白吧。

　　遗憾的是，那时的罗贯中，还没有当代作家们的习惯，在文稿的最后写下结稿的时间和地点，更没有请官人写序，也没有请名人题跋，自己也没有写一篇后记，从而没能留下他创作这部作品的种种起因、过程和细节。一部传世的名著《三国演义》，罗贯中究竟起笔写于何时，落笔结于何地，将永远是千古之谜了。就连他的身世，多少年来，后人也无从探寻，学界也无人能说得明白。

1931年的盛夏，郑振铎、赵万里、马廉三人在宁波天一阁读书寻史，偶然间看到三卷野史，它们是不知何人所著的《录鬼簿》二卷，以及元末明初贾仲明所著的《录鬼簿续编》一卷。其中《续编》中有明确记载的罗贯中小传："罗贯中，太原人，号湖海散人。与人寡合，乐府隐语，极为清新。与余为忘年交，遭时多故，天各一方。至正甲辰复会。别来又六十余年，竟不知其所终。"这段记载，也是今天所能见到的关于罗贯中籍贯最早、最可靠的古代文献记载。鲁迅先生对这一记载的发现给予高度评价，他在其《小说旧闻钞》的再版序言中写道："自《续录鬼簿》出，则罗贯中之谜，为昔所聚讼者，遂亦冰解，此岂前人凭心逞臆之所能至哉！"罗贯中为山西太原人，从此成为学界公认的定论。再往后，不断有学者拿出研究成果，指出罗贯中曾在江浙一带，投奔农民起义军，希望大展宏图。被起义军各方首领推为大帅的张士诚，却嫉贤妒能，容不得知识分子参政。罗贯中终因得不到器重，空怀报国大志，拂袖而去，从此浪迹江湖。至20世纪80年代，山西社科院历史学家孟繁仁等学者，经详细考证，得出罗贯中为太原清徐罗氏一族成员的结论，从此，中国历史上这位伟大作家的身世，终于得以让世人知晓。在清徐，也建起一座罗贯中纪念馆，成为当地一景。

呵，妙笔生花诞生了《三国演义》
像巨形钻石闪耀在中国文学的宝库

远去的古城

传统文化隧道中一束灿烂的阳光
照耀着文坛漫漫的征途……

罗贯中的生花妙笔，造就了中华文学宝库中的一颗巨形钻
石，其色彩如灿烂的阳光，这是诗人赵国增对罗贯中和《三国演
义》的赞美。是的，罗贯中的生花妙笔和他造就的巨形钻石，至
今仍吸引着无数的作家和读者，围绕着这颗巨钻的多形棱面，流
连忘返，赞叹不已。其光泽，将永远照耀着文坛。

走进傅山先生的故里

傅山故里在太原髦仁山下，汾河之畔的西村。

——题记

走进傅山先生故里
我必须将脚步放轻
生怕惊动故人的甜睡
也怕破坏我对先生崇敬的心境

我童年就听老人讲他的故事
说先生的诗书画医誉满三晋
他的故事在我家乡祁县深入人心

先生是乘着浩荡春风回来的
中华傅山园牌楼如虹，绿树成荫
乐得先生登上戏台自演《傅山进京》
唱红了京城，走红了村寨乡镇

先生呕心沥血情系百姓

赐予人们幸福生活，体健强身

他的诗书画医堪称清初第一家
彰显着文化的深厚底蕴和求索精神
仿佛先生捻着胡须踱步深思春秋
仿佛先生在为百姓、民族切脉驱瘟

呵！先生是从灿烂历史文化中走来
又和我们同向明天奋进
我看见，先生已为太原插上文化的巨翼
让太原向着文明和富裕高飞入云

群贤毕至傅山园

走进傅山先生故里

我必须将脚步放轻

生怕惊动故人的甜睡

也怕破坏我对先生崇敬的心境

……

先生是乘着浩荡春风回来的

中华傅山园牌楼如虹，绿树成荫

乐得先生登上戏台自演《傅山进京》

唱红了京城，走红了村寨乡镇

走进傅山园，我再次走近傅山。

傅山生于明万历三十四年（1606），卒于清康熙二十三年
（1684）。他的前半生，生活在统治中国近300年的明王朝的最
后37年；他的后半生，生活在统治中国近300年的清王朝的最初
40年。在明末清初特定历史时代的动荡岁月中，傅山度过了他的
一生。

傅山的祖父由忻州顿村，迁居太原草坪区汾河畔的西村，在明
嘉靖年间以科举入仕。傅山的父亲却一生未仕，只在乡里授徒教
书。傅山26岁丧妻，发誓不复娶，带着年幼的儿子，继续读书习

文，以备日后济世救人。

当时的山西提学使袁继咸是东林学派人士，而朝廷派来山西的巡按御史张孙振，却是宦党余孽、当朝宰相温体仁的死党。他利用巡按御史的监察职权，给袁继咸构陷了十余条罪状，上奏朝廷。崇祯皇帝当即向山西巡抚衙门下旨，立即将袁继咸押解至京城，投入大狱。此事激怒了山西的青年学子们，在傅山的带领下，一场"伏阙讼冤"的斗争烈火，由山西燃烧到了北京。当时从山西赶赴北京的山西生员，达到100多人。傅山执笔起草了为袁继咸辩冤的奏疏，共有103人在上面签了名字。这次大规模的公开斗争，朝野震动，崇祯皇帝终于下旨，让刑部重审袁继咸一案，并让锦衣卫前往山西，将张孙振捉拿来京，判罪流放，而被平反的袁继咸，被调任武昌做了武昌道。这场斗争，也直接动摇了温体仁的宰相地位，在袁继咸被重新起用后，温体仁却落了个革职还乡的下场。由傅山直接组织并牵头的这次"伏阙讼冤"，是我国早期的一次带有启蒙色彩，民主意识处于萌动意义中的学生运动。在这次斗争中，傅山不畏权势、反对暴政、伸张正义的思想和行为，使他由此而义闻天下，名震大江南北。

面对李自成即将攻入北京的局面，乱了方寸的崇祯皇帝准了山西曲沃籍大学士李建泰的奏请，命他带御林军督师山西。李建泰给傅山送来密信，要聘傅山为军前赞画。傅山想迎来李建泰的督师大军，在山西构筑起阻止李自成大军压境的军事防线。但抱着这种建功立业想法的傅山还没有赶到娘子关，李建泰率领的那支督师大军，就如鸟兽散了。

虽然对明朝的衰亡早有预感，但傅山却对李自成取代了大明王朝绝不认同。更让傅山心痛的，是吴三桂降清，清兵从山海关攻入北京，清廷摄政王多尔衮向全国发布诏书，令各地官民一律剃发，归顺大清朝廷。傅山认定这种历史的巨变，是"华夏"亡于"夷狄"，他出家为道，开始了自己新的战斗的人生历程。

清顺治十一年（1654），以道人身份准备进行武装起义的南明总兵宋谦在河南被捕，傅山也因参与这次起义，而被清廷抓捕。这一年系农历甲午年，史称"甲午朱衣道人案"。

面对多次严刑拷问，傅山以一套早已编好的假口供，一直作不屈的抵抗。清顺治十二年（1665）夏天，傅山终于获释出狱。他为自己没有如反清义士那般壮烈死去，还得在清廷的统治下活着，而感到十分惭愧。"病还山寺可，生出狱门羞"，"有头朝老母，无面对神州"这些诗句，倾吐出傅山出狱生还后难言的心情。

达则兼济天下，穷则独善其身，这是中国历代知识分子处世立身的准则。面对清廷的日益强盛和无法复明的现实，正在步入老年的傅山选择了太原松庄，开始了自己的"侨居"生涯。傅山在松庄隐居长达18年，自称"松侨老人"，公然表明自己虽身在故土家园，却似侨居异域，表示出对清廷的蔑视。

康熙元年（1662），江南大儒顾炎武来到太原，专程到松庄与傅山见面订交。之后，傅山也常出行访友，陕西的李因笃、江苏的阎尔梅、河北的申涵光、河南的孙逢奇，以及山西的许多文人学士，都是傅山常来常往的朋友。这些人都有过反清的经历，都是满腹经纶的饱学之士。绝不仕清，是他们面对现实共同的政治态度；而长歌当哭，则是他们在反思大明王朝覆灭的思考中，由情感转向理性的过程。这种思想文化上的交往，与清廷的思想文化统治，形成了阵线分明的营垒。

傅山69岁高龄时，在孙子的陪同下，从松庄到山东登泰山，谒孔林，拜曲阜，希望正本清源，恢复儒学独立独行、积极出世的精神。傅山晚年并没有因隐居的生活而停止思想的战斗。他主张作诗为文要有两条原则，一是经世济用，二是"别出机杼"。他赞赏司马迁奋笔写下的《史记》、孔子及后代儒家们编撰的《尚书》，以及诸葛亮的《武侯书》，认为这些著作才是于世有益的文章。他痛斥那种八股文："仔细想来，便此技到绝顶，要他何用？文事武备，暗暗地吃了他没影子亏。"傅山讲究文章和气节的统一，在他留下的《家训》中说："人无百年不死之人，所留在天地间，可以增光岳之气，表五行之灵者，只此文章耳！"他的诗文继承了屈原、杜甫等爱国诗人的爱国主义传统，诗词慷慨苍凉，没有一丝一毫的媚骨软语。

傅山的书画在明末清初，可以称为那个时代的"当代第一"。在书画上他也是强调人格和气节，"作字先作人，人奇字自古"就是他就如何"作字"对儿孙们的教诲。傅山以他高明的医术和高尚的医德，和生活在社会底层的人民群众结下了更加深厚的友谊。他的医术也就在民间渐渐被神化了。

历史进入了大清王朝的康熙十七年（1678）。这一年的正月二十三日，康熙皇帝为了在思想文化领域推行一种怀柔政策，向全国下诏要举办博学鸿词科考试。朝中大臣和地方官吏共向朝廷举荐143人，其中，就有山西的一代文宗、74岁的傅山先生。

当大多数被举荐者为康熙皇上的这次恩科欢欣鼓舞、积极赴京时，傅山却为此而抱定了一死的决心。对康熙皇帝的博学鸿词科，傅山决心抗旨到底，但是，康熙皇帝毕竟是一个有所作为的政治家，不但没有因傅山的几番抗旨而降罪于他，反而给没有应试的傅山，封了一个内阁中书的官职。当朝宰相冯溥令人将傅山强行抬到午门，逼傅山下跪谢恩，傅山却拒不下跪，被逼急了，索性躺在地上，就是不向着午门磕头，实现了他"生既须笃挚，死亦要精神"的志向。当明朝的大批文化人在这次恩科后，面对清廷的皇帝山呼万岁，一个个欢欣鼓舞地入朝为官时，傅山的这种作为，使他成为时代的一个异数。

康熙皇帝的怀柔政策赢了。傅山也赢了。面对皇权，他向世人演出了自己暮年悲壮的一幕。又过了5年，傅山在他的故居无疾而终。他毕生在诗、书、画、医诸多方面的造诣，给中华文明的宝库注入了不朽的内容。

光绪六年（1881），张之洞巡抚山西，曾官祭傅山先生，确立了傅山一代文宗的地位。民国七年（1918），阎锡山建傅公祠，也曾官祭傅山先生，大力倡导傅山反清复明的气节。到了2007年，正逢傅山先生诞辰400周年，太原市委、市政府要搞纪念活动，一应事项，落实到了时任宣传部长的范世康头上。那一年，有关傅山文化的大小研讨会，范世康不知道主持召开了多少次。我和省城其他研究傅山文化的专家学者们，时不时就被请去，如何给傅山的文化理念定位，大家总是畅所欲言，各有高论。康熙放归绝不仕清的傅山，是"和而不同"，晚年坚守中原文化，看到了康熙在文化上的与时俱进，放弃了反清活动的傅山，也是一种"和而不同"。范世康在两个历史人物思想的对立处找到了统一，这种对傅山文化的提升，也使他自身完成了官员向学者的递进。那年盛夏，即2007年8月11日，太原市纪念傅山先生诞生400周年大会，在中华傅山园隆重举行，可谓群贤毕至，范世康主持了这次官祭活动。此乃历史上第三次官祭傅山。"和而不同"的儒家思想，在研究傅山文化中得到了弘扬和传播。

我，礼赞目光
——写给清初著名学者、太原人阎若璩

你的目光总是向前看着
如火炬般驱散黑暗
能穿越时代的风云千百载
为真理甄别，理清，考辨
哪怕是瞬间变化的斑点
然后，你挥毫疾书
记录下原生态的历史演变

你的目光总是向后看着
如明星般把天地照穿
它承载着历史的无限
让每一个准确、考证的经史
在岁月的长河中永葆灿烂

让我用诗礼赞你的双眼吧
因为它又像潺潺的甘泉
是那样的清澈见底

流过山涧峡谷而一尘不染
这甘泉来自你智慧的大脑
它储存着千条江河汇聚的知识海洋
智慧，是与你公正人品同行的侣伴

且莫讲，你闭目长逝地下
一片黑暗
也莫道，著作封存博物馆珍藏
难见蓝天
其实，你阳光般的明眸还睁着
因为它有知识的润泽
文字的记载和心灵的闪念
还有，后人对你史家目光
发出的由衷礼赞

析文剔伪证《尚书》

　　阎若璩，字百诗，号潜丘，生于明崇祯十一年（1636），卒于康熙四十三年（1704），太原人，侨居江苏淮安府山阳县，多次回太原寻根并与傅山订交。在清初太原的文人圈子里，傅山与阎若璩年龄相差三十来岁，政治倾向也不尽相同，却彼此敬重对方的学识，两人能成为忘年交，可谓求同存异，和而不同。

　　傅山一生蔑视皇权，而阎若璩一生则总是希望荫庇在皇权之下，以求闻达于世，在对待康熙皇上举办的博学鸿词科这件事上，两人的态度形同水火。傅山被举荐后，拒不赴京，被阳曲县知县"篮舆驾窝"，用马车拉到北京，还是称病不去应试。康熙皇帝封傅山中书舍人，傅山又被一帮朝廷官员拉到午门，逼其跪下谢恩，傅山趁势倒地"出乖弄丑"，就是不向皇帝磕头。而阎若璩接到地方官员通知，知晓自己被举荐参加博学鸿词科后，当即赴京应试，渴望得到功名而入仕为官。但也许康熙看他太年轻了，也许他的文章确实没有引起康熙的关注，朝廷放榜，他竟然金榜无名。

　　阎若璩如此而为，与其从小所处的家庭环境和文化氛围，不能说没有关系。太原西寨村，是阎若璩的祖籍，但从他的七世祖开始，就迁居至淮安府的山阳县，靠经营商业发家，成为有名的盐商。当时的阎氏一族，是亦官亦商、官商结合的旺族。明清交替时，阎若璩不过是个五六岁的孩子，生活在这样的家庭中，从小锦衣玉食，读书知礼，心中理想，自然就是功名富贵，经邦济世，加上商人家庭讲究实用的作风，苛求他甘做亡明的遗少，未免脱离了现实。

阎若璩能成为清初名重朝野的大儒，和他的一部重要著作极有关系，这部著作，就是《古文尚书疏证》。《尚书》是我国最早的一部历史文献，集春秋以前多种政治学说文件选编而成，秦始皇焚书时，此书被焚。据说有人偷偷保存下28篇，传至汉代。汉文帝组织宫中文人，将其重新修证，对其古文做了翻译，被称为《今文尚书》。相传汉武帝时，鲁王在整修山东曲阜孔府时，从一堵墙内，发现了一批前人所藏的古书，其中就有一部《尚书》。朝廷命孔子后裔孔安国整理成书，即《尚书传》。到了东晋时代，豫章内史梅赜，又向朝廷献出一本《古文尚书》，并说此书即当年从孔府墙内所得、后来失传的那部《古文尚书》。到了唐代贞观之治时，李世民将这部书以皇家名义刊出，此书遂由此成为中国古代典籍中至高无上的权威。虽对其真伪时有不同的声音，但都因证据不足，只能归于臆猜而无法定论。阎若璩在前人研究的基础上，经过30来年的不断研究，从篇数、篇名、典礼、刑法、历法、文字句读、地理沿革和古今行文异同等诸多方面，对《古文尚书》一书细细考证，并引用《孟子》《史记》《说文》等书作为旁证，写成了《古文尚书疏证》一书，得出东晋梅赜所献《古文尚书》及孔安国《尚书传》都是后世伪作的定论，从而破解了千百年来学术史上有关《尚书》的一大疑案，受到学术界的普遍肯定和重视，阎若璩也因此奠定了他在清初学术史上的地位。他所运用的本证、旁证、实证、虚证、理证的考据方法，则为考据辨伪学创立了通例。

阎若璩能有此成就，不能不说他生就了一双学者的慧眼，经过长年知识的滋补，这双慧眼能够从现实出发，看穿历史，也看清历史。正是基于对阎若璩这位历史考据学家的这种认识，诗人赵国增写出了《我，礼赞目光》这首诗歌。

你的目光总是向前看着

如火炬般驱散黑暗

能穿越时代的风云千百载

为真理甄别，理清，考辨

哪怕是瞬间变化的斑点……

……

你的目光总是向后看着

如明星般把天地照穿

它承载着历史的无限

让每一个准确、考证的经史

在岁月的长河中永葆灿烂

阎若璩的学术著作还有许多，乾隆时代《四库全书》总纂官纪晓岚对他的评价是："百年以来，自顾炎武以外，罕能与之抗衡。"有趣的是，这样一位大儒，一生希望能荫庇在皇权之下，却一生未能得到皇上的青睐。康熙皇上办博学鸿儒时没有钦点阎若璩入榜，康熙皇上两次下江南，闻知消息的阎若璩，都向康熙皇上进献了颂文和颂诗，可惜也没有得到康熙召见之宠。晚年的阎若璩，倒是受到四皇子胤禛的器重，被接入京城王府，奉为贵宾，日日请教学问。可惜没有等到康熙驾崩、胤禛继位做了雍正皇帝，阎若璩就死于北京了。好在有四皇子胤禛亲自为他办理丧事，还亲自写了挽诗和祭文，九泉下的阎若璩，也算是在晚年和死后，得到了些许皇家的恩宠。

一味渴望皇家的恩宠不可取，但阎若璩的治学精神和考据方法，却是值得我们永远借鉴和学习的。

留名宝岛
——写给巡台御史杨二酉

杨二酉（1705~1780），字学山，号西园。乾隆四年（1739），他以御史的身份巡视台湾兼理学政，乾隆六年（1741）凯旋回朝。

——题记

穿过闹市，脚步放轻
我步入台南大南门的碑林
是来探望留名宝岛的杨二酉
他是二百多年前奉旨巡台的乡亲

我手抚花岗岩的碑体
顿觉尚存温馨
碑额镌刻着"皇清"二字
在双龙装饰下依旧苍劲

两年的时光如水匆匆流过
宝岛处处留下他深深的脚印
热血搭起跨海的长虹

激情汇入同胞的心灵

顺民意，推陈出新政
改革不同户籍制度的失衡
缓解了族群之间的唇枪舌剑
促进了动荡社会的和谐安定

恤民心，兴教除弊病
为莘莘学子办书院赢来琅琅书声
再不用渡海赴闽赶考圆梦
在故乡一样可以皇榜题名

他勤耕汗播中华灿烂文化的种子
在两岸同胞心中扎根、发芽、结果
经济发展须两岸同胞牵手
文化交流让两岸同胞融心

呵，石碑是杨御史生命之光
和台胞民意、民心之结晶
我在怀念中沉思，脑海闪过
映在历史长河中的碑铭……

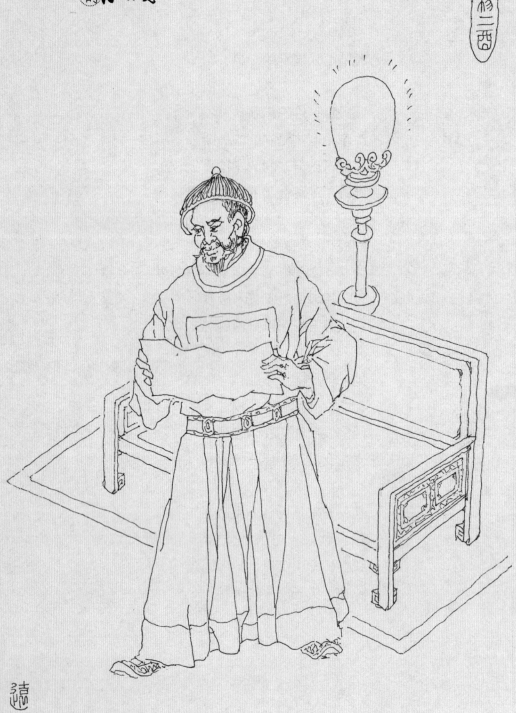

巡台御史杨二酉

　　清乾隆四年（1739）早春三月，巡台御史杨二酉乘船越过海峡到达祖国的宝岛台湾，开始了他奉旨巡台、任期两年的御史生涯。赵国增的诗《留名宝岛——写给巡台御史杨二酉》，就是讴歌了杨二酉在台湾的这段功绩。

　　杨二酉，字学山，号又村，别号西园，太原晋祠人。落职回乡后新号柳南和一梅居士。晚年又号悔翁。生于康熙四十四年（1705），卒于乾隆四十五年（1780），落职前任兵科掌印给事中。

　　与封建社会许多知识分子一样，杨二酉也是通过科举进入官场的。他在雍正十一年（1734）中举人，第二年登进士，以"天子门生"资格，进翰林院，成为庶吉士。按清制规定，任三年庶吉士后，再参加例行考试合格，方能提升。杨二酉参加例考晋升为翰林院编修那年，雍正皇帝突然驾崩，弘历登上帝位。这位乾隆皇帝慧眼识英才，在读到杨二酉写的《祈谷赋》后，认为这是位有才华的人，遂诏命杨二酉做《明史钞》和《文献通考纪要》纂修官，并恩赐其一部《日讲春秋》，以示赏识。由于杨二酉的勤勉，乾隆二年（1736），乾隆皇帝又擢其任"英武殿翰林供奉"，恩准其为《大清一统志》纂修，加协办起居事。能为圣上作《起居注》，杨二酉成了皇帝随臣。之后，又被拔擢"贵州道察御史"（未赴任）。七月，又奉旨巡察顺天府（今北京）乡试外场。十月，奉圣命巡视南城（今河南军事要冲河阳三城之一）。再晋级"协理山西道监察御史"。同年十一月，乾隆又降旨，委之重任"巡视台湾兼理学政"之职。杨二酉一年擢迁六职，名重朝野。

杨二酉在巡台的两年间，确实办成了几件大事。

其一，弹劾镇台总兵章隆。台湾当时是福建下辖的一个府，镇台总兵章隆是满人，刚愎跋扈，常纵容部下糟蹋百姓，自己也不断胡作非为。杨二酉对其好言相劝，但章隆根本不把这位汉人御史放在眼中，拥兵自重，对杨二酉的劝导不听不闻，还无理相争。杨二酉遂写奏章弹劾章隆，请福建督抚转呈朝廷。很快，乾隆下旨，罢免章隆，责福建总督衙门和巡抚衙门一道，将其押送京师问罪。台湾百姓闻之，无不称颂杨二酉为青天。

其二，振兴教育，兴办学校。当年台湾学子中，有闽籍、粤籍迁台百姓的后代儿孙，他们在参加科举时，往往与本土学子为名额而争。杨二酉请朝廷增加了名额，化解了矛盾，消除了民怨，促进了岛内本土百姓与大陆移民的团结。他还创办书院，亲自授课，提高了台湾的教学质量。至今，在台南市大南门碑林中，仍然耸立着一通石碑，碑文为《学宪杨公兴行海东书院碑记》。

其三，免税减赋，巩固政权。杨二酉关心民间疾苦，奏请朝廷减免台湾积年陈欠税银3340两，田赋51 489石，减轻了百姓负担。对于台湾的治安，他团结少数民族，实行保甲，严缉游匪，约束兵丁，地方政权日益巩固。他的善政举措，得到了岛内官绅百姓的赞誉，齐称其为"杨夫子"。

乾隆六年（1741）十月，杨二酉差满回京述职，得到了乾隆

"召见赐坐，慰劳有加"的嘉奖，先后擢升为"工科给事中兼英武殿执事""兵科掌印给事中"等职，效命于六科和都察院监察官吏系统。

杨二酉毕竟书生气太浓，他以为自己是监察官员，就要替皇上整饬吏治，却没想到乾隆对满汉官员，用的并不是一把尺子。当江浙总督、满族贵胄贪污兵饷的问题被杨二酉发现后，他马上向乾隆皇帝上奏，请皇帝查处江浙总督、满族贵胄贪污兵饷的问题。然而，江浙总督和满族贵胄们勾结在一起，不但向皇上众口一词否认此事，还反咬一口，说杨二酉诬陷他们。于是，乾隆皇帝下旨，让杨二酉"原品致仕"，也就是说，让这位谏官带着朝廷的俸禄，提前退休回老家去吧。这事发生在乾隆十六年（1752）的腊月寒冬。杨二酉回到晋祠后，潜心地方文化的研究和建设，再未离开过家乡。乾隆四十五年（1780）的春天，他在故乡逝世。

赵国增如此赞颂杨二酉：

呵，石碑是杨御史生命之光
和台胞民意、民心之结晶
我在怀念中沉思，脑海闪过
映在历史长河中的碑铭……

一位太原人，能在宝岛台湾被民众刻碑纪念，杨二酉此生足矣！

　　附记：诗人赵国增从今年春写下《汾河景区抒情》一诗，歌赞开创太原这片沃土的汾神台骀后，时间经历了夏、秋，到今天，已到了初冬时节。我窗外的汾河景区，从春风吹绿了小草和大树，吹生了各种美丽的花蕾，到盛夏阳光下绿色浓荫中盛开的各种鲜花，再到秋风吹落满地的树叶，直到现在，当我读到了这首《留名宝岛——写给巡台御史杨二酉》，并兴笔完成这篇小文后，节令已经是立冬了。近一年来，他的诗情始终涌动着，写出了24首佳作。应其所邀，我也文思绵绵，完成了24篇散文，对他诗歌作了赏读，对他诗中的每一位历史人物都作了简介。同时传来消息，画家任俊英对这24位太原历史文化名人的白描画稿也已完成。这应该是2012年我们一次共同的文化之旅，但愿这些作品合成出版后，能让读者们喜欢。

诗心的嬗变
——漫谈赵国增的诗歌走向

孙　涛

　　诗人的心灵都是清澈的，很难想象，在一颗污浊的心中，会有灵动、激扬且至善至美的诗句飞出。而同样是清澈的心灵，有的诗人终身只能低吟浅唱，清风明月，顾影自怜；有的诗人却能落笔如黄钟大吕，优雅如虹，厚重如山。究其原因，便是诗人之诗心中，那颗文化的内核是否有深厚的积淀和广阔的视野。有了深厚的积淀和广阔的视野，就会在创作中生出裂变，产生辐射，让诗意绽出无尽的联想，并形成作品多重的思考。反之，即便诗句中点缀着华丽的文字，其诗作也只能停留在对事对人浅表的描述和歌赞上。这样的例证很多，仅以赵国增诗歌创作的实践，即足可证明文化之力能高高托起诗歌，而这样的诗歌，会因文化的基因扩张，具备了更加永恒的生命力。

　　在当代诗坛上，赵国增是"文化大革命"结束后便获得了桂冠的诗人。山西人民出版社在1977年就出版了他的诗集《心中的歌》，可见其出道之早。而起始于"文化大革命"后期的创作经历，又必然使他的创作思想，受到极左的侵蚀，在诗歌中贴上政治的标签，或者留下图解政治的烙痕。也正因如此，在20世纪80

年代进入文学新时期之后，在中国诗坛怒放的百花丛中，赵国增显得沉寂了。他反省着已有的成绩，且选择着新的起跑线。让诗人重新名声鹊起的，则是2008年人民体育出版社出版的诗集《五环和五星》。赵国增年轻时，曾做过专业田径运动员，"文化大革命"迫使他离开了田径运动场，在五环奥运会旗和五星国旗下手捧奖杯，是他未能实现的梦想。2008年第29届奥运会在北京开幕，圆了中华民族的百年奥运大梦，也让赵国增用诗歌，圆了当年田径场上曾有的梦想。中国的体育界，似乎没有出过诗人，有做过运动员的生活积累，有对诗神的爱恋和创作的实践，赵国增歌颂奥运场上运动员的拼搏精神，将奥运精神诉诸每首诗的字里行间，被媒体称作全国唯一的"体育诗人"，肯定是实至名归了。

如果满足于现实，不再前行，赵国增将永远是一名有过成果和荣誉的"体育诗人"，而留在当年那些诗作中的缺陷，如语言的单一，意象的直白，则成了诗人创作中永久的伤痛。在当代中国诗人接连不断前行的大军中，那些以写自己工作的工厂和车间而走上诗坛，最终也无法跳出行业圈子的创作窠臼的诗人难道还少吗？可喜可贺的，是赵国增没有在"体育诗人"的光环中沾沾自喜，裹足不前，在《五环和五星》出版后，他一改写体育诗时喷泉如涌的创作态姿，将诗歌的题材呈扇面型铺开，辅以书山的攀登和文化的修行，以慢节奏的写作，向读者奉献出精雕细琢后的一首首佳作。

最初的嬗变，是发表于2011年第10期《中国作家》上的一组咏物诗，从中可以看出诗人思考的些许痕迹。不妨以《淤泥》为例。在传统的审美观念中，出淤泥而不染，已经成了对荷花与淤泥的审美定势。正是在赏读大量传统诗文的基础上，赵国增在一次漫步汾河景区，驻足荷塘观荷时，想到了荷花之美，不正是由于淤泥为其提供了丰富的营养，将其托起于荷塘之上吗？"奉献是无声的言语"这样一句感叹，让他对传统审美的悖逆，顿时得到了读者的认同。如果说，赵国增昔日的体育诗，多以抒情见长的话，与《淤泥》异曲同工的那首《写给汾河的石子》，则将情与理结合得更为恰到好处，情理相融处，颇得唐诗宋词中古人以物状人、以情悦人、寓理于情、以理教人的大家写法之要领。汾河石子历经磨炼，圆是其不得已的处世之道，而方则为其内心坚守的做人根本，因为汾河石子"在河滩裸露出圆润的身姿"，但是，它们"只是把棱角凝聚在心里"。借汾河石子的命运，诗人既在叹息古往今来人们在社会压迫下的一种生存技巧，又在强调不能丢失方方正正做人的根本准则。不难看出，比起以前诗人笔下的体育诗来，这些诗的文化意味正越来越浓。

　　应当感谢我们这座太原古城，它两千五百多年的历史，有着开掘不尽的文化富矿，使每一位甘愿做白领矿工的太原诗人，可以在现实和史海中不断穿越，雕琢出充满文化意蕴的诗句。太原，虽然在政治、经济领域无法与北（京）上（海）广（州）这类一线大城市相比，但它的历史文化之深、之厚，却是这类一线大城市无法相比的。即便北京，面对太原，论其历史之悠久，也得仰面而视，因为，史家早有定论：先有晋阳，后有汉唐。走出书斋的赵国增，在古城晋阳的那片大遗址上，低头流连，又在赵简子大墓前，思绪悠悠；之后，独坐书斋的赵国增，翻阅史书，进入了历史的长河，与晋阳古城的创建者赵简子对话，探寻一代雄杰当年建造晋阳古城的心路历程。诗人的诗心，和太原古城的历史富矿相接相吻了，在那一刻，诗人的心，感受到了前所未有的创作温暖，迸发出了前所未有的创作冲动，交融出了前所未有的创作源泉。正是一种文化的力量，让诗人奋起落笔，写下了《远去的古城》这个题目。这是一首小诗的题目，诗人笔底缓缓流淌出了这首小诗；这也是一首大诗的题目，诗人将解读"远去的古城"历史上众多的文化符号。当赵国增在心底完成了这个蓝图的构思后，他无疑也正以一个华丽的转身，站在一个文化积淀深厚的起跑线上，向诗坛发起了一轮新的登攀。

无须去描述和再现太原历史上那些文化名人们的勃勃英姿了，那是当代画家们的责任；也无须去介绍他们的煌煌伟业了，那是当代文学家、史学家们的任务；诗人赵国增选择的，是将这些古人作为一种独特的文化符号，用文化的视角，解读他们在今天可以借鉴和参照的文化意义。诗人的诗心中，文化内核正在激烈地冲撞着，燃烧出腾腾烈焰。走近历史，需要重新学习，而感悟历史，更需要重新学习，这种学习的过程，是在为诗人诗心中文化的内核，不断地添加冲撞和燃烧的动力，这种动力每引发一次爆发，一首新诗就诞生了。不急，赵国增不断地吟诵着，推敲着，润色着，一首，两首，三首……他不断地爆发着，不断地创作着。在2012年9月号的《中国作家》上，赵国增的组诗《远去的古城》被集中推出，太原历史上的几位文化名人，以一种全新的文化符号，亮相于中国诗坛。赵国增也以文化诗人的姿态，完成了他登上诗坛后诗心的嬗变。

汾水长长，诗途漫漫，落日跃入汾河，正泛起七彩霞光。那消失的历史依旧长河涌动，和现实中绚丽的古城，交融进赵国增的诗心，使赵国增在未来的诗途上，落下一行行新的履痕。我们期待着，期待着诗人诗心中文化的内核，不断地添加冲撞和燃烧的动力，让诗人继续激情如虹，华章迭出。

原载《山西日报》2012年9月12日

孙涛，中国作家协会会员，原太原市作家协会主席，现为太原市老作家协会名誉主席，国家一级作家。曾出版《朱衣道人》《重返伊甸园》《风流恨》《西部人鬼路》《金融家》《龙族》《麻雀》《龙城三部曲》等14部长篇小说。担任多部影视剧编剧、专题片撰稿人。作品多次获省级、市级奖项，荣获"太原市优秀作家"、"杰出贡献艺术家"、"文化领军人物"和"优秀作家"等称号。

诗情，在历史文化的长河中奔腾
——浅论诗人赵国增的《远去的古城》

王　科

　　假如，他不曾是一位日理万机的官员，在人民公仆的位置上真诚奉献；假如，他未曾在绿茵场上摘金夺银，为家乡创造骄人的田径佳绩；假如，他不是一位年近古稀的老总，每天有繁重的工作和缠身的业务，而是一位专业诗人——那么，当我们读到他苦心孤诣、戛戛独造、献给家乡太原的诗集《远去的古城》，面对这井喷般的激情和高品位的诗美，赏析这些在全国都有一定影响的佳作，我们或许不会那么讶异和震惊。然而事实是，这些诗歌，都是这位不再年轻的赵国增先生从睡眠中，从吃饭中，从应酬中挤出来的，是纯纯粹粹的业余创作，这就不能不让我们对这位矻矻劳作在三晋大地，游走在太原历史文化长河中，虔诚地呼唤着中华民族精神的诗人，顿生无限的敬意了。在当下商潮滚滚、人欲横流、文学寂寞、诗人孤独的态势下，这样忠诚地守望文学净土，这样痴情地追求诗神缪斯，这样不懈地践行自己的人生梦想，难道不值得感佩吗！

　　《远去的古城》是诗人献给家乡历史文化的黄钟大吕之声。

　　山西是中华文明的故乡，太原是诗词飞扬的沃土。对于美丽中国充满挚爱的诗人，对太原历史文化更是无比倾心。在这部诗集中，国增先生张开诗美的翅膀，穿越几千年历史的尘封，带领我们体验了一次激情澎湃的文化之旅——他通过与24位故乡历史文化名人心神交融，对这座古城作了诗意的褒扬和热烈的歌颂。无疑，这是对山西、太原历史文化积淀的深层透析和追溯，是对山西大地人文精神的彰显和守望。如果说，唱响神州的《人说山西好风光》是对山西自然风貌的高歌礼赞，那么可以说，《远去的古城》是对太原历史文化的光大发扬。我们之所以这样认定，是因为诗作以独特的形式，全方位地开掘了让太原人引以为荣的历史文化记忆。抑或是说，诗人怀着对家乡热土、历史文化的火热激情，把自己的生命体验和人生感悟，化成了古朴的哲思和闪光的诗句，歌颂太原这块热土养育的，或者是生命之根深扎在三晋大地上的，对中国历史作出了巨大贡献的，或者是产生过深远影响的精英贤士，为这24位历史名人绘制了栩栩如生的艺术肖像，从中开掘出山西深湛的历史文化底蕴，记录了太原的历史嬗变和人世沧桑。

诗言志，歌咏言。作为诗人，最可贵的是具有独特的主体真情。国增先生的丰沛真情，就表现在他对家乡古老文明的挚爱上。这种真情，和他独创的诗美艺术纠结在一起，成为他诗歌主题中最重要的精神因子。你看，诗人以沉实厚重的笔墨，对他梦牵魂绕的故乡大地，对那些精忠报国的历史前贤，进行了多么深情的勾画皴染，献上了何等火热的赤子深情！从古代到近代，从帝王到草根，他通过一个个宏观的、中观的或是微观的镜头，以一个个具象的描写，生动的写真，来还原先贤的作为，书写时代的演进。也就是说，他是让读者通过他深情的画面，去认知古城数千年的沧桑巨变，从而感悟太原丰富的人文资源和无限的精神能量。如果循着这样的路向来解读这些诗歌，那么，你自然会透过他笔下的历史风云，看到这座古城的无限风采！而这，正是他潜隐在诗歌中的思想诉求，是他祈盼读者认同的艺术归宿。不仅这样，诗人还将自己的激情最大化，把它扩展到对伟大祖国的热情讴歌、对中华文明的激情赞颂上，让诗歌的灵感在现实与历史的长河中奔腾。可以说，《远去的古城》中的这些诗歌，都是他爱国情怀的生动袒露和表征，从中，我们看到了诗人赤诚的民族意识和丰沛的爱国热情。值得注意的是，这些诗既不是重复无数诗人的怀古定式，也不是单纯地对历史先贤作外在摹写，而是在其中贯注了自己独特的感受和火热的激情。怀古是为了鉴今，对这些诗歌进行观照和研读，使我们看到了诗页背后那位关注时代、热爱故乡的诗人形象。应该说，这些诗歌还不是珠圆玉润的艺术精品，但是，它像巍峨的太行，滔滔的汾河，能撞击你的心灵，感动你的心扉，让你久久地浸沉其中，与其产生心怦血沸的情感共鸣。这样，你就会感到，这些诗歌不是象牙之塔、花前月下的浅吟低唱，而是诗人饱蘸着真情在解读历史中谱就的历史之歌；不是远离时代、疏离大众的怀古幽思，而是贴近现实、贴近民众的时代之歌。因之，说这些诗歌是诗人留给故乡的生命记忆，并非过誉。

这些诗歌，都充满了对太原历史文化的深层体悟和理性考察。诗集的可贵之处在于，它以高瞻远瞩的现代意识，对山西的古老文明进行了艺术的定位。无论是歌咏上古时期大贤台骀、祁奚、赵简子的创世之功，还是描摹近代精英傅山、阎若璩、杨二酉等的非凡贡献；无论是评说千古帝王唐太宗、武则天的千古伟业，还是记录名相狄仁杰、名将杨业的传奇人生；无论是追寻大诗人王维、白居易的诗歌履迹，还是呼唤大作家乔吉、罗贯中的创作精魂，诗人都聚焦于他们人生的精彩片段，在深厚的文化背景下，对他们的历史贡献进行了科学准确的梳理。可以说，这些独特的诗作，既廓清了某些弥漫在历史深处的迷雾，恢复了其人其事的真实面貌，又树立了特异的文化坐标，开辟了解读历史的崭新视野。它不但是历史的扫描，人物的写真，而且是精神的叩问，哲理的思考。众所周知，对历史文化名人进行"拨乱反正"和重构定评，不是诗歌的任务，诗人更是深知这一点。因此，他在这里的工作不是诗歌艺术无端的越位，而是对家乡历史文化的深刻体认和诠释；不是为赋新诗强说愁的怀古幽思，而是为当代人认识太原提供一个新的视角。感谢诗人，他唤醒了我们渐已淡忘的历史记忆；感谢诗人，他在太原古城沉甸甸的历史长卷上，镌刻了这么多风雨沧桑的精彩印痕。

《远去的古城》是诗人对中华传统文化精神的认同和高扬。

诗集蕴含着丰厚的中国文化元素，字里行间闪烁着鲜明的中华民族精神。因此，品读全诗，深层思索，我们就不会仅仅将其看作对山西历史文化的挖掘考古，更不会皮相地认为这是"谁不说俺家乡好"的纯情宣泄，而是在心灵的冲撞和感情的共鸣中，认定这是对中华民族传统文化精神的认同和高扬。

爱国爱乡，苦干兴邦，是中华传统文化精神的精核。在《远去的古城》中，诗人对这种民族精神进行了浓墨重彩地渲染和肯定，那些褒扬民族精神、总结名人贡献的诗歌尤其偏重于此。如《汾河景区抒怀——写给昌宁公台骀》，歌颂台骀"擒黄龙，治汾患，疏河道，解民怨"；《写在赵简子墓前》，讴歌赵简子"为太原的诞生构思，为古城的耸立奠基……"这里，诗人不但为我们掀开了太原古城的辉煌开篇，更为我们总结了中华传统文化的精华，激励我们继承民族优秀的传统，为中华民族的伟大复兴贡献力量。忠诚正义，刚直不阿，是中华传统文化精神的亮点。《塑像的诗篇——给晋国大夫祁奚》《忠义之歌——写给豫让》以及《写在窦大夫祠》等诗歌就注意观照这些义行。"外举不避仇，内举不避亲"的祁奚，"立起的育人的楷模，站起的是教人的榜样"，成为千古佳话；"为忠，用漆涂身把容颜自残，为义，吞炭成哑把发声改变"的豫让，将热血"化作赤桥河水忠义源泉"……杀身成仁，舍生取义，这些慷慨悲歌之士的壮举，使三晋大地的历史熠熠生辉。作为一个昔日的官员，时下的老总，国增先生对中国文化历史精神如此钟爱，令人钦佩。窃以为，倘若我们的官员都有这样浓重的文化情结和深厚的历史积淀，那么在实干兴邦、追求中国梦的奋斗中，就会有源源不绝的精神助力，就能够尽快实现我们民族憧憬的美好愿景。为民造福，关注下层，是中华传统文化精神的表征。作者以诗的语言，在烟锁尘封的历史中开掘、淘洗、提炼、升华，走进了许多故乡先贤的心灵世界。那位儒雅的窦大夫，告诉我们"为官者，要不畏君王心系苍生；执政者，要关注民情体察百姓"……那位大智大勇的狄仁杰，成为那个年代正义睿智的图腾；那位中兴名将郭子仪，更是在暗夜里点亮了民主的曙光……对那些呕心沥血，辛勤耕耘，为中华民族文化添砖加瓦的故乡先贤，作者更是表达了深深的敬意。历史上的太原，人才辈出，群星灿烂：名满天下的王之涣，"把人类的思维嵌入诗魂"；边塞诗的先驱王翰，"让诗花在百花园中别样绽放"；平民诗人白居易，将无限深情倾洒底层；那位大唐诗佛王维，"诗情犹如石上潺潺的清泉"……总之，对这些诗坛巨擘、文学精英的伟大贡献、历史地位、深远影响，国增先生都用深情的语言予以中肯的定评。这样，群星灿烂的山西文化星空，就被作者装点得更加多姿多彩。令人钦佩的是，诗人注意站在新世纪的时代制高点上，以辩证唯物主义和历史唯物主义为指导，以丰厚的史学、文学、政治学、经济学知识为依托，翻检浩繁的文学之章，回眸遥远的山西历史，实属不易。这些评说，大都做到了穿越岁月迷雾，逼近历史的真实；一反千古定评，还历史本来面目；紧扣时代脉动，肯定推动历史的作用……"诗的生命在于创新"，国增先生所言极是。诚如斯言，他的这些诗，无论是直抒胸臆，还是意在言外，都让我们感受到诗人那高端的思想站位，以及那与时俱进的艺术观念，都为我们营构了崭新的诗美风景线。

总之，阅读直觉和审美感受告诉我们，国增先生的诗歌正在激烈转型和快速提升，这部诗集就是明证。我想，这位始终挚爱着祖国和人民、为百姓鞠躬尽瘁的公仆诗人，既然他的诗情能够在历史的长河中泛起美丽的浪花，那么，他也就一定会将其人生和艺术的美好理想，书写在太原——这方美丽富饶、神奇诱人，我无比怀念的土地上！

2013年3月13日 于北京

王科，渤海大学中文系教授，中国作家协会会员，萧军与东北文学研究所所长，中国当代文学研究会理事，中国小说学会常务理事，著名评论家。主要著作有《萧军评传》《对缪斯的深情倾诉》等8部，主编、参编国家级重点教材等11部，获奖21项。

用人文富矿厚重自身文化学养
——诗人赵国增访谈

徐大为

　　访者手记：赵国增先生是省城诗人中，关注太原历史文化，并以诗歌形式宣传弘扬太原历史文化者之一。弗论以往，2012年，赵国增先生即以"远去的古城"为栏目，以太原历史名人为主题，创作并在《太原日报》副刊陆续刊发了诗歌24首。近年，国增先生的创作不断引起诗歌界和媒体的关注，《人民日报》去年相继发表了他的诗作《我属龙》《更上一层楼》《汾河的石子》《黄河，仍在咆哮》等4首。一位从领导岗位转战文学创作领域的前辈，以他不竭的热情和旺盛的文思，传承历史，讴歌现实，为文化强省、文化强市点滴奉献，持之以恒，不啻为我市文学工作者的楷模。近日，我与赵国增先生进行了交流。

　　访者：我们知道，您是省城一位成就斐然的老诗人，但许多读者更想了解您诗歌创作的缘起与历程。

　　赵国增：我似乎对诗歌有着一种与生俱来的兴趣，并由此滋养成浓烈的爱好。从20世纪70年代初开始写作并发表诗歌习作，至今已走过四十余个春秋。从年龄上讲，可以称我为老诗人，但谈到创作成就，我给自己有一个定位——"永远是刚起步"。话题扯远一点，我是运动员出身，当年在田径场上拼搏过，做过冠军梦，同时也有着追逐诗歌女神的文学梦。但因为种种原因，第一个梦没有实现。我开始提笔写诗，相约诗歌女神，去营造我的第二个梦。1977年4月，山西人民出版社出版了我的第一本诗集《心中的歌》。这是粉碎"四人帮"后我省出版的第一本诗集——它的出版，圆了我"出一本书"的文学梦。2008年7月，人民体育出版社出版了我的第二本诗集《五环和五星》。这本诗集由斯里兰卡诗人新月等译成英文《赵国增奥运诗选》（中英双语）由香港国际文化出版社出版。以此诗集，我用诗歌又圆了一个老运动员期盼和歌颂北京奥运会的梦想。

访者：正是您的这本诗集，使您在诗坛赢得了"体育诗人"的盛名，拥有了"体育诗人"的桂冠。据闻，去年您的诗歌走进了俄罗斯，请您谈谈这件事。

赵国增：去年，《俄罗斯之声》记者相隔千里电话采访了我，并于5月23日，播发了文章《中国诗人歌颂俄罗斯运动员的辉煌成绩》。国内新闻媒体《人民日报·海外版》《文艺报》《山西日报》《山西青年报》《太原日报》《太原晚报》及网络媒体也报道了这件事。

访者：在您取得上述创作成绩的同时，是否考虑过去攀寻诗歌创作的新高度呢？

赵国增：在诗歌界给我以厚爱，以及媒体朋友们对我的赞誉中，我开始思考一个问题：如何在诗歌创作中，攀寻一个新的高度。从当代中国诗歌创作的总体情况看，不乏有追求、有成就的诗人。但不容置疑的是，确实有一些诗人，将诗歌创作变成了一种文字游戏，在创作中缺少了贴近生活的热情，缺少了对祖国博大精深传统文化的体察和吸纳。这是诗歌远离读者，自然也使读者远离诗歌的一个原因。具体到自己的诗歌创作，我认为应该在进一步贴近生活上，在体察和传承祖国传统文化上，努力自我提升，重新自觉起步。如果捧着"体育诗人"的桂冠，自我陶醉，我的诗歌创作水平将会停滞不前。

访者：我注意到继《中国作家》文学版2011年第10期发表了您《写给汾河的石子》《向日葵》《喇叭花》《淤泥》四首咏物诗后，2012年第9期又发表了您的《写在赵简子墓前》《碑文》《更上一层楼》《给唐槐公园的唐槐》《走进傅山先生故里》等组诗。在我省的《山西日报》《黄河》文学刊物上也都有您的新作发表。从这些作品，可看出您重新起步的高度。请您谈谈创作感悟。

赵国增：那4首咏物诗，与去年4月我在作家出版社出版的《诗心走笔》属一种类型。著名诗人、评论家屠岸、朱先树等在媒体撰文，对这些诗作给予评说和肯定。可以说，这些诗作是我转型跨越的第一步。第二步，是已经创作完成的颂扬太原历史文化名人的24首作品。去年9月12日《山西日报》"黄河笔会"版，发表了孙涛先生评论我这组诗歌的文章《诗心的嬗变》，文中有这样两段话："他一改写体育诗时如泉喷涌的创作姿态，将诗歌的题材呈扇面形铺开，辅以书山的攀登和文化的修行，以慢节奏的写作，向读者奉献出精雕细琢后的一首首佳作。""诗人的诗心中，文化内核正在激烈地冲撞着，燃烧出腾腾烈焰。走近历史，需要重新学习，而感悟历史，更需要重新学习，这种学习的过程，是在为诗人诗心中文化的内核，不断地添加冲撞和燃烧的动力，这种动力每爆发一次，一首新诗就诞生了。"孙涛先生真实地写出了我创作这组诗作时的情景和感受。我之所以将写太原历史文化名人的组诗,定名为"远去的古城",不仅因为我生活在太原,更因为太原这片热土,有着深厚的历史文化底蕴。当我在挖掘这些人文富矿时,这些人文富矿也在积淀厚重着我的文化学养。这样的重新起步,是我在诗歌创作上转型跨越的尝试。同时,我要感谢《太原日报》,将我"远去的古城"诗歌系列刊出,引起了读者的关注。

访者: 您诗歌创作的一贯原则是什么?

赵国增: 关于此,我有个座右铭:"一切从零开始。"在诗歌创作的道路上顺利与否,我都将下一步视为新起点而不断求索,诗的生命在于创新。我虽已年近七旬,追逐诗歌女神的梦却会延续。诗已成为我老有所乐的精神家园。

选自《中国作家网》2013年4月22日

原载《太原日报》2013年2月4日"双塔"文学周刊

徐大为,中国作家协会会员,山西省作家协会主席团委员,太原市作家协会主席,《太原日报》报业集团副总编辑,荣膺"赵树理文学奖优秀编辑奖"。

歌颂太原、宣传太原的文化使者

——与郭沫若诗歌奖获得者赵国增同行

徐大为

　　赵国增先生荣获第三届《中国作家》郭沫若诗歌奖的消息传于我，距6月6日获奖名单在京揭晓已过数日。虽然他是我省唯一获此殊荣者，但其间，国增先生不曾与我谈起此事，再次彰显出他做人的一向作风——低调，沉稳。

　　7月下旬，《中国作家》杂志社邀我赴连云港参加第三届郭沫若诗歌奖颁奖盛典。闻讯，稍假思索，便满口应允——全因这颁奖式上将有国增先生的身形显现，全因他的获奖作品宣传歌颂了美丽太原。

　　8月1日下午，与赵国增先生同机，自并至京，由京抵连云港，航班连续延误，入住宾馆已近凌晨。延误等待时，飞行过程中，先生与我的话题，始终离不开他所钟爱的诗歌。

　　1964年，赵国增因在山西省中学生运动会中成绩优异，由祁县农村落户太原，成为省体育干部学校田径队运动员，在田径赛场驰骋多年。"文化大革命"骤起，体校遭殃，他被下放工厂，后成为军工企业管理者。2002年退休时，他已在山西省贸促会领导岗位工作多年。许是他的思想和血液中有着关于诗歌的天然禀赋，许是他就是为诗歌的思考、实践、创作而生，从他在田径场上起跑的那刻起，诗歌创作便伴随他奋力飞奔。一次次起跑，一次次冲刺，诗歌缠绕着他，他拥抱着诗歌。对赵国增而言，显而易见的是，赛场跑道有终点，诗歌创作无止境。一首首体育题材的新诗呱呱坠地，喷涌问世。

2011年，他开始思考，如何才能走出体育题材单一的创作情态，改变所谓"体育诗人"的单一形象。他太需要拓宽和提升，他期待着面向社会，深入历史，讴歌自然，书写人生，刻画人物，成为创作题材丰富多样的诗歌作者，使自己的作品底蕴厚重，色彩纷呈。

真正领略了连云港市的湿热后，不敢越出宾馆半步。虽然连云港市政府、市委宣传部的同志们待客诚挚热情，安排细致周详，天生惧热的我，还是没去感受这座海滨城市的美丽和繁华。坦白讲，自打踏入连云港，就开始惦念太原市的清凉。所以，除却必要的工作，便与国增先生躲入房间，谈文论诗。

迄今，赵国增已亲身经历了太原50多个春秋的历史变迁和社会变化，感受了改革开放后太原的日新月异。他的情，已深深融入这片沃土；他的心，早已将太原视作他的第二故乡。赵国增在多种场合多次表达，他真心感谢太原这座历史悠久厚重、文化璀璨多元、有着开掘不尽的历史富矿而又生机勃勃的古城容留了自己。"是它给我开拓了注入创作新鲜血液和充满诗意灵动、崭新而又广阔的天地。"所以，作为生活在太原的诗歌爱好者，作为太原市老作家协会常务副主席，他要以诗歌宣传太原，歌颂太原。这不仅是个人爱好，更是责任担当。

如何将自己的愿望转化为实践，赵国增苦苦思索着。太原有5000年的文明史，2500多年的建城史。漫漫历史长河，涌现着帝王将相，孕育着才子佳人。人才辈出，群星灿烂，孕育出太原独特而又厚重的历史文化。这难道不是绝好的创作迸发点吗？

一间飘逸着淡淡茶香的小屋中，赵国增倾心请教太原市首席历史文化专家王继祖，并采纳他的意见——从台骀始，至杨二酉止，共为24位历史人物赋诗，拟名《远去的古城》，汇以成册。为此，继祖先生特赠其所撰《太原历史名人传》。

作品初成，再请继祖先生指瑕，并请作序。继请孙涛先生著文，任俊英先生绘画。梁枫、张不代、张承信、梁志宏、马晋乾等作家、诗人闻讯后，同予鼓励与支持。如此，一簿集知识性、可读性、欣赏性为一体的诗集，一枚以诗、文、画形成的独特文化符号，一个唤回美丽太原这座"远去的古城"的梦，正在悄然化为现实。

为验证诗歌的品质，赵国增将《远去的古城》序列中先期写就的几首，寄往《中国作家》《人民日报》《上海诗人》等报刊。迅即，佳音频传，《中国作家》刊发5首，《人民日报》刊发1首，《上海诗人》刊发3首。这些在全国具有影响力刊物的采用，特别是《太原日报》副刊开设专栏，刊发《远去的古城》序列所有诗歌后，再度增强他的自信，鼓舞他的激情……

赵国增的诗作以独特的形式，开掘着让太原人引以为荣的历史文化记忆。诗人怀着对家乡热土、历史文化的炽热激情，把自己的生命体验和人生感悟，化成了古朴哲思和闪光诗句。为24位历史名人绘制的栩栩如生的艺术肖像，再次呈现太原深湛的历史文化底蕴，歌颂太原这块热土养育的，或是生命之根深扎太原大地，对中国历史作出巨大贡献的，或是产生过深远影响的精英贤士。记录太原的历史嬗变和世事沧桑，圆了他歌颂美丽太原、宣传美丽太原的夙梦。

8月2日晚，第三届《中国作家》郭沫若诗歌奖颁奖盛典在连云港市文化艺术中心隆重举行。晚会准备两月有余，是晚，颁奖盛典拉开帷幕，简单不失庄重，朴实却显大美。演员朗诵获奖者作品时，观众们时而陷入沉思，时而潸然泪下，时而鸦雀无声，时而掌声雷动。艺术中心内的热情使室外的高温骤然逊色。两个小时的颁奖晚会，成为连云港市人才济济、文化繁荣的凸显点。

"具有2500多年建城史的古城太原，是开掘不尽的史学富矿，远去的古人曾在这里创造了煌煌伟业。文化内核激荡出诗人的汩汩灵感，他的思绪在现实与史海中穿梭往来。在这里，古代、古人成为一种独特的文化符号，诗意的视角，厚重的表述，挖掘出了在今天可以借鉴和参照的现实意义。"

这是中国作家出版集团党委副书记、《中国作家》主编艾克拜尔·米吉提为获奖作品《远去的古城》宣读的授奖词。

今天，赵国增为24位历史人物赋诗，既没有重复诗人怀古定式，也没有简单对历史人物作外在描摹。诗是抒情的艺术，也是艺术的抒情。怀古是为鉴今，他以辩证唯物主义和历史唯物主义为指导，以丰富的史学、政治学、文学为依托，翻检浩繁的文学之章，回眸远去的太原历史，穿越历史的迷雾，逼近历史的真实。通过对历史文化积淀的追溯和深层透析，反映出历史人物在太原这块热土上人文精神的彰显和守望——颂扬昌宁公台骀，意在传承爱国爱乡、苦干兴邦的精神，这种精神正是我们中华优秀传统文化精神的内核；颂扬赵简子，意在传承一种锐意改革、包容崇法的精神；颂扬窦大夫时，有诗句为"角楼上，警钟正叮咚长鸣……"，意在告诫从政者要关注百姓、体察民情……

获郭沫若诗歌奖，是赵国增在诗歌创作道路上不断探索求新、诗心嬗变的结果，更是他热爱太原、歌颂太原、宣传太原努力实践的结果。在目前文学寂寞、诗人孤独的态势下，赵国增忠诚守望文学净土，痴情追求诗神缪斯，不懈践行人生梦想，并将个人之梦、家乡之梦与中国梦紧紧联系在一起。《远去的古城》是诗人献给家乡历史文化的黄钟大吕，是诗人对中华优秀传统文化精神的认同和高扬。凡诗24首，在宣传太原、歌颂太原的同时，皆以古鉴今，彰显出这些历史名人对当今太原建设与发展的启迪作用，鼓舞着我们为一流省会城市建设砥砺前行。

颁奖盛典大幕已落，获奖之事将成过往。如今，再读他苦心孤诣、戛戛独造，献给家乡太原的诗集《远去的古城》，更值得我们感佩，激励我们同行……

《太原日报》2013年8月12日"双塔"文学周刊

好诗好画好文章
——《远去的古城》赏读

樊宝珠

　　虽说年纪大了，但读书、看报的习惯，让我离休后的生活充满了文化韵味，每每读到养眼润心的好作品，那种精神享受，就如冲饮当年的新茶一般，回肠荡气，余香品咂不绝。《太原晚报》天龙／历史版从2013年8月18日开栏的《远去的古城》系列，就给我送来了这样的享受。这是三位在社会上有名望的老文艺家合作的作品，诗人赵国增、画家任俊英、作家孙涛，都是我相识多年的老朋友了，他们以诗、画、文章在报纸上合作开栏，是一种创新，也是责编的一个好策划。

　　诚如责编在开栏语中所说，老诗人赵国增的组诗《远去的古城》共24首，歌颂了太原历史上的24位先贤。老画家任俊英为其担纲人物素描，著名作家孙涛则为其每首诗歌所歌咏的历史人物，以散文形式作了评介，从而形成了诗、画、文章的"3D"效果。开栏的第一首诗，是歌颂汾河之神台骀的《汾河景区抒怀》，任俊英笔下的台骀，仿佛疲累了，正坐在汾河边上小憩，一幅草根百姓的神态。作家孙涛在《追本溯源说台骀》这篇散文中，则从赵国增创作《汾河景区抒怀》这首诗歌说起，讲述了古代民间治水英雄台骀的传说故事。正是这位民间治水英雄，带领民众疏导了水患，造就了太原盆地这块沃野。可以说，开栏的诗好、画好、文章好，吸引了我，也一定吸引了广大读者。从那天起，在等待和渴望中，每逢又展读到《太原晚报》天龙／历史版上《远去的古城》时，必定要一饱眼福，在字里行间流连忘返。

时近一年，24期《远去的古城》已经载完。回头细看，三位作者通心协力，以诗、画、散文三结合的形式，歌赞了太原历史上的这24位先贤，确实是很有代表性的。太原是一座有着两千五百多年建城历史的历名文化名城，细细数来，太原历名上对历史进程有所推动，对中华文明有所建树的历史文化名人，岂止这24位！但再细细品味这24位历史文化名人的事迹，他们确实是太原历史长河中，文化名人的代表。他们既是太原这座历史文化名城的文化之魂，也是在中华文明的演进中，当时属于先进文化的潮头人物。诗人赵国增的选择，无疑经过了详尽且周全的思考，才沙里澄金，将他们融入自个诗歌中的。而且，对每位历史人物的歌咏，诗人都选取了独到的角度，绝不停留在一般的人物事迹介绍上，而是从一个历史切入点上切入，将笔下的历史人物，作为一个历史文化符号来解读，探寻他们的现代意义。比如元代的戏剧家乔吉，若就其在戏剧创作上的成就，他并非元代戏曲的领军人物，也并非当时的文坛之冠。诗人的视角，却探寻到了这位落魄江南的太原才子的那颗孝心上，从其大善大孝的行为上落笔，便让这位历史人物身上的文化色彩，有了全新的现实意义。孙涛在《乔吉有知当欣慰》一文中说："乔吉，这位生于太原，长于南国的戏剧家，曾以戏剧的形式，书写着前代人的故事，后代人赵国增，也以诗歌的形式书写着他的故事。"此言不虚。这样的例子，在这国增的24首诗中比比皆是，不再赘述。与诗歌相映成趣的，任俊英的用传统的白描手法，为24位历史先贤作画，手法老到，栩栩如生，构图简洁，格外传神。作家孙涛的文章，既是对每一位历史人物的解读，又是对赵国增诗歌的赏析，行文自然得体，文字韵味高雅，在读者品诗赏画之后，再读其美文，既可以增加文史知识，又得以进入悦读心境，实乃一件快事、乐事也。

时下的文学创作，虽说百花齐放，却也实有不尽如人意之处。有的诗人作家，一味展示个人的小我情调，或低吟浅唱自作多情，或胡编乱造不知所云。诗人赵国增和作家孙涛，多年来坚持创作中的文化品位，其诗其文在《远去的古城》中的合作，再次体现了他们对传统文化的坚守，和作为当代文化人的那份可贵的文化责任心。

报纸的副刊，对广大读者而言，名副而实不副，绝非可有可无的版面。老报人有句话，说办好一份报纸，要靠新闻招客，再靠副刊留客。报纸能否获得读者，招客之术和留客之道，两者都很重要。《太原晚报》的天龙／历史版办得好，让人喜欢看，让人愿意留存，就因为有好的创意和好的内容。刊登《远去的古城》系列，正是体现了副刊编辑的眼力和责任。希望晚报日后的副刊上，继续刊出各种受读者欢迎的好诗、好画、好文章，这是我这个老报人的希望，一定也是广大读者的希望。

原载2014年7月20日《太原晚报》

作者曾任《山西日报》编辑、中共太原市委宣传部副部长、市委副秘书长兼《太原日报》总编辑、中共山西省委统战部副部长、山西省地方志办公室主任、《山西通史》总纂、山西省政协党组成员、常委、秘书长。

后　记

　　难忘2012年的那场春风，它吹绿了太原的汾河景区，遍地的青青芳草，散发着醉人的幽香。我徜徉在这片美丽如画的热土上，河面粼光闪烁，两岸垂柳摇曳，花蕾初绽，呼唤着我心底喷涌而出的诗情。

　　我要感谢我生活了50多个春秋的太原古城，它是我的第二故乡，是源源不断地给我创作的灵感和笔下新鲜血液的地方。作为一名诗人，以诗歌的形式歌颂太原、宣传太原，在延续晋阳文脉中铸造自己的灵魂，播洒自己的心血，是一种责任，更是一种担当。

　　朝阳升起了，为我送来这座城市的温暖；夕阳西坠了，为我送来了这座城市的清爽。我沿着汾河水追寻历史，仿佛看到了远去的古城，也看到了在这座有着2500多年建城史的历史文化名城中，曾经上演过的种种传奇。我开始与创造这些历史传奇的种种历史人物邂逅了，我倾听着他们的诉说，努力解读他们的爱恨情仇，以期将他们融入我的诗篇，变成新的诗魂，折射这座古城的辉煌。于是，一个命题定格在我的眼前，那就是《远去的古城》；同时，许许多多曾为这座古城注入文化内涵的历史人物，变成了一个又一个闪耀着文化光芒的文化符号，在我的脑海中，氤氲出一片新的天地。

　　为了准确地描绘这片我即将付出心血的新天地，我专程拜访了太原市首席文化专家王继祖先生。在先生那间飘逸着淡淡茶香的小客厅中，我们品茗交心。我采纳了继祖先生的意见，选定了从台骀始到杨二酉止24位太原有代表性的历史人物。有了继祖先生对史料的核准和把关，使我的创作凸显了历史价值。初稿完成，承蒙继祖先生作序，让我心存感激。

为了能在当今诗歌冷落低迷的现状中，使《远去的古城》满足读者多元的喜爱，我邀请著名作家孙涛先生和著名画家任俊英先生，与我一道完成这次文化之旅。两位好友肯定了我的创意，接受了我的盛邀。孙涛先生心脏刚刚做了支架手术，就配合我的创作，写出了一篇篇精美的散文；俊英先生也夜以继日，绘出了一幅幅栩栩如生的人物画。春去夏来，秋逝冬至，我们共同收获了《远去的古城》这一成果。对此，诗友马晋乾先生如此评价："诗集创意非常好。孙涛的文章既有可读性，又使诗的思想、情感有了深厚的基础，还兼诗评，更使诗与文珠联璧合。俊英的人物画，也给这本诗集一个新的视觉效果。"

在这里，我要感谢《中国作家》杂志及负责文学版的陈亚军主任，当我把先期写出的诗发到《中国作家》邮箱后，很快得到了陈亚军主任的回复，并在2012年第9期上刊发了《远去的古城》诗5首。当我从新浪博客上看到第三届《中国作家》郭沫若诗歌奖于2013年6月6日在京揭晓的消息，经过评奖组委会成员陈建功、艾克拜尔·米吉提、王必胜、王青风、何建民、吴义勤、陈红、高洪波、萧立军、程绍武、谢冕无记名投票，评选出的获奖作品中，《远去的古城》荣获第三届2011—2012年度《中国作家》郭沫若诗歌奖优秀奖时，我为能得到如此高规格的评奖组委会人员的肯定，感到意外的惊喜。我还要感谢《人民日报》《上海诗人》刊発《远去的古城》的诗作；感谢著名诗人、评论家、山东大学78岁高龄的吴开晋教授作序并动笔修改个别提法不准确的诗句；感谢著名评论家王科教授写的诗评。他们都为诗集增添了绚丽的色彩。

2013年8月2日晚，我应邀参加了在海滨城市连云港市举行的第三届《中国作家》郭沫若诗歌奖颁奖盛典。中国作家出版集团党委副书记、《中国作家》主编艾克拜尔·米吉提为《远去的古城》宣读授奖词："具有2500多年建城史的古城太原，是开掘不尽的史学富矿，远去的古人曾在这里创造了煌煌伟业。文化内核激荡出诗人的汩汩灵感，他的思绪在现实与史海中穿梭往来。在这里，古代、古人成为一种独特的文化符号，诗意的视角，厚重的表述，挖掘出了在今天可以借鉴和参照的现实意义。"我随着宣读声心潮起伏，荣誉对我来说是迟来的爱，晚开的花。我相信，这次获奖，对美丽的太原是一种远播的歌颂和宣传，想到此，不由心中升起欣慰。

创作《远去的古城》的过程中，使我体会到坚持继承和发扬中国传统文化，是诗之灵魂。诗歌创作必须"接地气"，接沃土养气，心田民气，否则，诗歌便失去了中国文化的特色，疏远了广大读者。以辩证唯物主义和历史唯物主义为指导，逼近历史的真实，让诗歌成为抒情的艺术，艺术的抒情，向世人传递远去的古城、古人的人文精神，抒写大爱，期盼求索一条属于自己风格的创作之路，是我这一年多来创作中始终坚持的目标。

在这里，我还要感谢《太原日报》副刊开辟专栏，刊发了《远去的古城》系列的所有诗作。感谢副总编辑徐大为先生为我获奖写出了厚重的专访。感谢《太原晚报》副刊部董昕主任和李晓勤编辑对《远去的古城》的欣赏，专门在《太原晚报》开辟了《远去的古城》专栏，把诗歌、配文、配画一起按序列逐一刊发。感谢《太原文化》也以这种形式开辟了《远去的古城》专栏，进一步扩大了《远去的古城》的社会影响和读者面。

在《远去的古城》出版之际，我还想起了北京的屠岸老师、吴家瑾老师、朱先树老师、文友孙玉麟等；和我省的马作楫老师、梁枫大姐，山西省委宣传部副部长、省作家协会主席杜学文、文友张不代、张恒、张承信、潞潞、李杜、梁志宏、贾真、郭宇一、孙剑、卢有泉等，对他们为《远去的古城》提供有关史料，提出中肯意见和多年的友情支持和帮助表示深深的谢意。

2013年10月1日于太原